像一片蓝那样

雷虹 ——著

中国市场出版社
China Market Press
·北京·

图书在版编目（CIP）数据

像一片蓝那样 / 雷虹著. –– 北京： 中国市场出版
社有限公司，2023.7
ISBN 978-7-5092-2422-9

Ⅰ. ①像… Ⅱ. ①雷… Ⅲ. ①散文集–中国–当代
Ⅳ. ①I267

中国国家版本馆 CIP 数据核字(2023)第 082433 号

像一片蓝那样
XIANG YIPIAN LAN NAYANG

著　　者：雷　虹
责任编辑：张再青（632096378@qq.com）
出版发行：中国市场出版社
社　　址：北京市西城区月坛北小街 2 号院 3 号楼（100837）
电　　话：(010) 68024335/68021338/68022950
经　　销：新华书店
印　　刷：四川科德彩色数码科技有限公司
规　　格：145mm×210mm　　　　32 开本
印　　张：8.25　　　　　　字　　数：200 千字
版　　次：2023 年 7 月第 1 版　印　　次：2023 年 7 月第 1 次印刷
书　　号：ISBN 978-7-5092-2422-9
定　　价：58.00 元

自序

暮春记

谷雨过去十天了，再有几天就是立夏，抓住这个春天的尾巴，我把自己的小院修葺一新，焊上一圈铁栏杆，找工人师傅拉了一车新鲜的泥土把花园铺平，又从网上购买了樱花、丁香、海棠等苗木。前几年栽种的樱桃树、杏树、梨树已是绿叶成荫子满枝。它们都在这个小小的院落里扎根生长，有了属于自己的一方安稳天地。

我也像这些树木一样，渐渐将自己生命的根须一点一点深扎于此——安居西北小城一隅，我戏称之为"浪漫西漂"。此心安处是吾乡，这边远小城于我来说，也有了血肉相连般的亲人之感。在西北已生活十几年了，前些年一直不适应，小病不断，饮食也不习惯，从这两年开始，我才在跟跟跄跄中找到了一种归属感，有对现实的妥协与和解，更多的是获得了一种心灵的巨大平静。对于遥远的故乡，我能做的只有在文字里与它一次次重逢。我把我暗夜里的梦交付于它，把我失意后的孤独与寥落交付于它，还有这些断断续续的文字呓语。它们是日复一日的思念所凝结的最纯净的珍珠。

也是在这个春天，我酝酿了一个美好的计划，把它放在春天这个万物初始的季节是多么适宜啊！——我决定出版自己的第二本书。这个决定似乎是一闪念间，但又如此坚定不移。距离第一本书的出版，已经过去了近六年时间。在出版第一本书之后，我以为我不可能再出书了，以我有限的能力和才情，这也许已经是到顶了。没想到，事隔六年，我又有了出书的冲动与激情，六年前出书的种种经历又浮现眼前。也许，以后我还会继续写下去吧，一切都未可知。我想，只要怀有对生活的热情，对自然万物的好奇感知，对人世情意的珍重与慈悲，文字就会如澄澈的流水般源源不断地涌进心间。

这些或长或短的篇章写于这六年间，篇篇皆是有感而发，因情而抒写。如果说，要用一个字概括这四十九篇文字，那大概就是"情"了。"情"不仅贯穿我的文字，亦贯穿了我整个的生命。亲情，友情，爱情，思古之幽情，故乡，异乡，甚至一草一木，一花一叶，一山一水，我都寄予了自己的深情。当然，不管我写什么，怎么写，都始终是在写自己这个"小我"，它们的精神蓝本永远是——故乡。我一头扎进其中，纵情遨游，仿佛永远是那个心怀秘密与喜悦的少年。有人说，读我的文字，仍能捕捉到少女般的情怀，有一种清澈与纯净在其中。

故乡的那个镇子原本叫"东漳"，据说曾有一条漳水流经此地。"漳水"在《水经注》里也有记载。但是几年前这个名字已经不再用了，而是改为"雁鸣湖"。因村庄旁有一自然形成的小湖，常有水鸟栖息于此，加上周围芦苇密布，形成了一处天然风景。近几年，更是被很多企业和开发商盯上，建了许多旅游景点及娱乐设施，四周别墅群环绕，俨然一处风景胜地。许多人慕名前往，一时热闹异常。

因为不经常回去，一时还不习惯"雁鸣湖"这个美丽动人的名字，我心里牵挂的仍是那个叫"东漳"的地方，它就像烙在心里的一个胎记，每每想起，总有挥之不去的惆怅感。所以每次回去仍以"东漳"称之。"东漳"也和我这离乡的人一样，渐渐成了过去式，隐没在苍茫的时光之河里。我又想紧紧地抓住它，像小孩子拼命紧紧地抓住妈妈的后衣襟，我想努力地让它消失得慢一点，再慢一点。我只能尽力挖掘，探求我在那里生活过的痕迹，尽管只有二十多年，尽管已是碎片式的回忆，但已经足够了。一个作者的前二十年人生经历与感知，几乎已经决定了他以后的书写走向与思维模式，那是一个取之不尽、用之不竭的宝藏，是一生的营养积淀，永远能带给你意想不到的灵感与神经末梢般的细微震颤。

　　桃红，香花，楝树，泡桐，榆钱，花椒树，红薯，妈妈的瓜豆酱，旧房子，河流，它们就是我在故乡的几个"熟人"，人一代代老去，它们不会，它们会永远在故乡等着我。即使我从此不再回去，但是体内仍携带着属于它们的独特气息——这是我在世上行走的底气与自信。

　　一个作者，应该有两个故乡。一个是生长之地，一个是成长之地。前者是一个具体的地方，那里有的是无穷无尽的回忆与想象，想象使它变得广大浩渺，赋予作者独特的人生格局与视野；后者可以说是精神的故乡，灵魂的安放之地，可以是山水自然，或者书籍，也可以是行走过的地方。

　　在异乡的土地上行走时，那些草木庄稼、山川河流也让我产生深深的感动和敬畏。它们让我自然地想起故乡的一切。写异乡，也是在写故乡。那是另一种形式的书写。想起苏东坡那句"此心安处是吾乡"，心安处，皆是家乡。所以我写到"借山而居"，借一座异乡的山，建立起自己的精神家园。更多的时候，我喜欢待在书房里，和古人共度光阴。如庄子所说的"独与天地精神往来"，在书房里就有这种神游天地的自由，品味古人的文字，与之神交，精神境界也变得超然出尘。人生种种不如意，在文字里得到共鸣和释然。沉醉于这种"隐居在书房"的生活，不知岁月更迭，人世几何，更不知老之将至。

如果说第一本书是类似粉色系的小女子情怀，这本书的主题，我将之定义为"蓝色系"。蓝更像是中年心事，是一种历经时间淬炼后的沉静和积淀，是一种更为广阔深邃博大的境界，纯粹澄澈始终是它的底色。蓝，既是大海和天空的颜色，更有宇宙的浩瀚与深邃，如自然永生永恒，生生不息。蓝，是冷静的洞察和旁观，是以超然之心静观世态世相，是如鱼饮水冷暖自知，是余秋雨先生所写的"明亮而不刺眼的光辉，圆润而不刺耳的声响"。蓝，又是孤独的，曲高和寡，高处不胜寒。

"我亦飘零久，十年来，深恩负尽，死生师友。"在飞逝的时间里，我只会越来越老，故乡却永远是年轻的，故乡里的那个"我"也是永远青葱蓬勃的少年。我想，我仍会继续书写，在文字里一次次与故乡的"熟人"相见，并将一次次看见那个"少年的我"。

此时此刻，坐在暮春的小花园里，心意郑重地写下这些文字——总是这样的，一旦写出，就会显得苍白无力，辞不达意。也许所有的文字都只不过是一种情绪的排解而已。春天很快就要过完了，落花无言，人淡如菊。有文字相伴，已经很好。感谢家人对我写作的支持与期许，感谢身边一直相伴的朋友们！

书于 2022 年 4 月 30 日　暮春

目 录 Contents

二辑　旧时月色

三辑　此心安处

四辑　寂静欢喜

一辑

草/木/年/华

像 一 片 蓝 那 样

人间有味是清欢

在来西北之前，我是极少喝茶的。家里的茶叶只有在客人来时才会派上用场，平时如娇女子一样被藏在深闺。这藏在深闺的茶叶也并非什么名贵之茶，往往是十块二十块买来的再普通不过的"地摊货"，所以是茶叶末子居多。客人来了，也只是象征性地放一点，因为那茶叶末死活沉不下去，细细碎碎地浮在水面上，往往还没喝着茶，先被茶叶末子沾了一嘴。

来到西北，才知喝茶是家常便饭，是随时随地都要喝的。男人们见了面，第一句话便是："来喝茶呀！"邀朋友来家做客，也常以"有空来喝茶"作为客套话。这里每家都有自备的茶炉茶具，亲戚朋友来了第一件事便是炖茶喝，这也表示对客人的尊重。这里喝茶不拘什么种类，随便两个大枣、几个桂圆、几粒枸杞、一抹铁观音就能炖出一壶醇厚甘美的茶来。大枣要在铁炉子上先烤一下，这样炖出来的枣味才更浓更香；茶叶多是红茶，因西北天气寒冷，人们几乎不喝绿茶。他们不是泡茶，而是炖茶，用一个小巧的搪瓷茶杯，放在烧炭的铁炉子上，里面放入茶叶、冰糖、大枣、桂圆等，添上水就任其慢慢炖起来。他们喜欢放大块的冰糖，炖出来的茶甜得发腻，真不理解他们为什么这么喜欢喝甜茶。不是清茶才最好么？搞不懂他们的习俗。

　　搪瓷杯子都熏得黑乎乎的，混杂着茶香和日子的厚重，简直有点像古董。在炖茶的这会儿工夫，主客就闲话家常，他们好像一点都不着急，茶总是和闲逸联系在一起的，只要是喝茶，就算是天大的事也不会去想了。茶炖好之后，主人给每个杯子里倒上一点，大家慢慢喝着，再加入水继续炖。我每次看他们喝茶都替他们不过瘾，每次只倒杯子的三分之一，那么一丁点，根本不够喝。如果是口渴的人，那可就急死了。不过茶本来就不是用来解渴的，在当地人的日常生活里，它已成为一种仪式。就这样，喝了续，续了喝，慢悠悠的，他们能喝一个下午，当然，也聊了一下午的话。那些话大约都是不要紧的，语速也是极慢的，有时仅仅是一声"哦"，有时是长长的沉默，只有炉子上的茶在"咕咕嘟嘟"地响着。茶尽了，估计也忘了都说些什么了。酒醉人，茶亦能醉人。

　　他们喝茶时，还辅以种种食物，比如在炉子上烤几块饼，或者用盘子端上一些自家炸的麻花、烙的油饼、饼干、切成薄片的馒头等，可以一边吃一边喝茶，有点类似于下午茶。我初来时，不懂这些规矩，总是在喝茶时就把肚子填饱了，谁知喝完茶主人又要让吃饭。我可是一点也吃不下去了，但当地习俗是去别人家里必须要吃，不吃就是看不起主人。

　　入乡随俗，慢慢地，我也养成了喝茶的习惯。后来，从书里看到一个有趣的说法，说古代的定亲习俗是以茶来下聘礼的，叫"茶定""下茶"，女方接受了茶礼，就叫"吃茶""受茶"。《红楼梦》第二十五回里，王熙凤取笑黛玉说："你既吃了我们家的茶，怎么还不给我们家做媳妇儿？"黛玉便涨红了脸，羞的一声儿也不言语。

总是拿这些典故跟老公开玩笑，"难怪当初你总让我喝你的好茶，原来是早有预谋呀。"每每这时，老公便一脸无辜地辩驳，"照这样的话，现在的男女岂不是乱定亲了呀"。玩笑归玩笑，现在的我是一天也离不开茶了。对我来说，解渴、去油腻、提神解乏的功效倒还在其次，主要是喜欢品味茶中的意境。禅茶一味，喝着喝着，仿佛悟出了很多东西，有参禅般的意趣。我想醍醐灌顶的意思，便是这样的吧。许多人生况味，悲辛种种，全融在这一杯清茶里了，不再无端生出苦恼、不再钻牛角尖儿，更多的是一种身心的通透、愉悦、明净。

闲来无事，最大的乐趣便是与老公对坐共饮。两人围着个小电炉，把小巧的搪瓷杯子放在炉子上，一边听着杯子里发出的"咕嘟"声，一边聊着有趣的茶诗茶话，真有围炉夜话的感觉。闻着那幽幽茶香，日子也像被拉长了，时间的脚步也慢了。我喜欢这样的场景，烹茶论诗，心里有的是一份从容与淡定。万千烦恼丝，在一盏茶面前，都变得微不足道了。

犹记得，许多年前和老公在庐山山顶喝云雾茶的情景。袁枚在《随园食单》里说：欲治好茶，先藏好水。庐山的水清澈甘美，再配上好茶，而且又是在云雾缭绕中品味，真有置身仙境的恍惚之感。仿若羽化而去，不知人间几何。浮生如梦，清福难得。这种清福不知有几人能得？

和当地人不同，我平时喝的大多是绿茶，最爱的是碧螺春。我喜欢"碧螺春"这三个字，单单这三个字，便有一种清香在里面。碧、螺、春，有一种春深的绿意，仿佛是站在一汪深潭旁边，那绿深的深潭一眼望不到底，只需深吸一口气，心呀、肝呀、肺呀全变绿了，是又凉又透的绿。读书时，手边放上一杯，看到动心处，拿起喝一口，出气都是顺畅的；写作时，一杯茶下肚，文思便如泉涌；早上起床时，喝一杯，全身的各个关节都好像通了，一天都充满了精神。

有段时间，我迷上了信阳毛尖。以前在家时倒不觉得它有多好喝，现在离开家了，反而对它有种异样的情感，也许这就是所谓的乡愁，觉得家乡的什么都是好的。喝了一罐又一罐，老公也赞不绝口，我还专为它写了首诗，感谢它带给我春天般的美好体验。每每有人来家里，我就迫不及待地拿出"毛尖"招待，并骄傲地告诉别人，这是我们河南产的茶叶，是中国名茶，是如何如何的好。后来他们竟都以能喝到我的毛尖茶为荣，也有熟人专门过来找我，点名要喝我的毛尖茶。"有茶清待客，无事乱翻书。"嘿，我想，读书之余，也许我可以考虑开个茶叶店呢。

老公平时应酬多，那天他说晚上不回来吃饭了，饭后我就沏一杯茶，慢慢品，慢慢等他回来。一杯完了，再来一杯，反正女人每天需要八杯水才能补够。有时老公回来，茶还是浓的，他便再陪我喝；有时茶已经淡了，我便放在卧室里，半夜起来继续喝。我从不担心睡不着，相反，每次喝了茶，我反倒睡得更香甜。

自从我爱上喝茶，父母在我的影响下也时不时地喝起了茶。当然，他们喜欢的还是茉莉花茶、竹叶、薄荷、杭白菊这些花茶。凡别人送爸爸的茶，不管好坏，爸爸都会留着，等我回去了一家人围坐在一起品茶。今年春节回家，弟弟提回了几件香椿茶，说是一个教授研发出来的新产品，马上投入市场，让我尝尝味道如何。我第一次听说香椿茶，泡了一杯，闻起来有股浓浓的清香。人间有味是清欢。茶，南方之嘉木也，它带给我们的就是天地自然的这份清新与灵性。

茶，原本就无高低贵贱之分，喝的只是那份闲情、那份心境。一杯茶，喝出了岁月悠长，喝出了一种坦然，喝出了一段静好时光。其实，关于茶，我是门外汉，不是什么资深茶专家，更不懂什么茶道。我喜欢的只是饮茶时的那种感觉、那种闲情，完全与草木、自然融合的美好。其他的，并不重要。

　　于我来说，茶，就像最贴心的知己，它有耐心聆听我的寂寞与私语。茶，让我获得了一种巨大的时空感与存在感，而且让我有他乡遇故知的喜悦。苏轼诗里说："乳瓯十分满，人世真局促。"人世局促，有种种不圆满，人生的种种缺憾却在茶的圆满里得到了弥补。

　　生命无常，岁月静好，因为有茶。

苦中滋味最悠长

又到了夏季，是各种瓜果盛行上市的季节。提到瓜，大概很多人想到的是西瓜、甜瓜等各种瓜果品种，却不会想到苦瓜。苦瓜属蔬菜类，混在各种瓜果里，总显得有点不伦不类，不讨人喜。的确，爱吃西瓜、甜瓜的人多，喜吃苦瓜的却不多。

苦瓜是我家乡常见的蔬菜，有祛热解暑、清心聪耳明目、解疲乏的作用。可我从小却不喜欢吃，因为它的苦。小孩子是最怕苦的，凡是一切苦的东西都会和药片的味道联系在一起。苦的，像药一样，坚决不吃，即便是蔬菜也不行。所以妈妈很少做苦瓜，即使偶尔做，也总是在锅里清炒一下，这样苦味就会淡些。但我还是吃得龇牙咧嘴，好像是忍受着莫大的痛苦，如吞苦药。我那时还不懂得，酸甜苦辣咸，在这人生五味里是少不了苦的。

苦瓜的卷须跟葡萄的有些像，也是藤蔓植物，长大的苦瓜一个个吊在藤上，倒和葡萄的生长方式类似，所以又叫癞葡萄。这个癞字首先让人不舒服。我不吃苦瓜的另一个原因是它的外形，它全身疙疙瘩瘩的，看到它会令人全身不由得起鸡皮疙瘩。它就像一个青春期脸上长满痘痘的半大孩子，充满了青涩和不安分。

喜欢上吃苦瓜是认识老公以后。他曾经在南方工作过几年，那里天热，酷暑天他爱要上一盘凉拌苦瓜丝，再来一瓶冰镇啤酒，小酒小菜下肚，顿时神清气爽、通体透凉，不亚于一帖清凉散。一个西北人，竟然爱上了吃苦瓜。地域真的能改变人的口味。我们认识后，就在河南安了家。河南的夏季，苦瓜随处可见，每次去买菜，他都不忘提醒我一句，"别忘了买根苦瓜啊!"起初，看他吃得津津有味，着实让人生气，我也犹犹豫豫，意意思思地夹了几筷尝尝，还是苦。我问他不觉得苦吗，怎么吃得这样香，他一本正经地告诉我，"吃的还就是这个苦味呢，要没这个苦味它还不好吃了，苦可是人间至味。"然后又给我大讲如什么臭豆腐之类的，闻着臭，吃着却香，这苦瓜吃起来苦，入了肚，却令人舒畅，口感爽脆，还给人一激灵，倦意顿消。说完还怂恿我再尝尝，肯定会尝出它的优点的。也许是受了他的感染，被他洗了脑吧，再吃好像就没那么苦了，还真觉得味道独特。这大概就是爱情的魔力吧。以后我就渐渐喜欢上了这种味道。

来西北之后，发现这里的人很少吃苦瓜，他们甚至不知道怎么吃。当然，卖的也少，有时，我跑遍附近的菜店都寻不见。好心的店主见我三番五次询问，都表示下次进货会给我带些。过不了两天，我一出门，被几个店主同时喊住："哎，你的苦瓜来了!"一下子这么多苦瓜，别人又不买，我心里既有歉意，又叫苦不迭，没办法，只能这家买几个，那家买几个。这下，我可有吃不完的苦瓜了。怎么苦全是一起来的呢? 那就抱着"吃得苦中苦，方为人上人"的劲头儿，大快朵颐吧。

其实苦瓜还有一个好听的名字，叫锦荔枝。我小时在邻居家吃过一种"荔枝",形似苦瓜,瓤鲜红,味道酸甜,不知是不是苦瓜,可是人们都称它"荔枝",或许是类似同胞姐妹这样的近亲吧。后来长大,每次吃苦瓜,心里都有这个疑问。这两天我切苦瓜时,还把籽掏出来细看,究竟是不是我小时吃的"荔枝"呢?它们可是带给我许多美好的回忆呢。

昨晚,我凉拌了一大盘苦瓜,配上细细的红辣椒丝,碧绿与深红,仿佛盛夏的鲜亮,再佐以蒜末、香油、少许醋,色香味俱全,竟被我们吃得净光,连剩下的蒜末也不放过。两个人好像比赛着吃,由此我惊叹自己如今对于苦味的过分迷恋。异乡漂泊多年,孤独艰辛备尝,人至中年,种种的生活遭遇,岂一个苦字了得?但我早已不把苦放在心上,不把苦当成苦,反倒喜欢回味苦后的余味。面对世间种种苦悲,谈笑自若,大有此心安处是吾乡的随遇而安。

清代著名画家石涛有个别号就叫"苦瓜和尚",这个别号有意思,让人觉得他的画也是有趣的,他做和尚也做得与众不同。大概他最能明白"苦瓜"的含义,苦一点有什么要紧?在艺术中,所有的苦都耐人寻味。苦中滋味最悠长。

苦瓜,这碧绿可爱的小家伙,虽说有许多人不喜欢它的苦,苦却是人生五味中不可或缺的一种。黄连最苦,却能医人;苦瓜虽苦,却能清心。为了拒绝油腻的中年、庸俗的人生,多食苦瓜也是一种良方。它会时时提醒你,人生不全是甜,也不全是圆满。这样想,就会平心静气许多。

人闲桂花落

才和同事聊起桂花，就收到了文友梅儿发来的桂花照片。就好像在念着什么人，一抬眼，便看到了他在那儿。这世上的事，就是巧呢。无巧不成书。

此时正是霜降节气，西北却已进入真正的冬天。这里开花的植物本来就少，现在更是凋零得稀稀落落，只剩下个意思了。秋天仿佛在说，给你留着一点绿叶吧！至于花儿已成了念想，旧事。而南方的花事却仍在隆重地一波波延续着，你方唱罢我登场，管它什么季节呢，那里永远是植物的天下。现在轮到桂花唱主角了。主角呢，就要有主角的样子。

桂树的花期是在八九月间，听梅儿说，今年气候原因，广西的桂花开得略晚了点。但是一旦盛开，就有一种不管不顾的劲头了，它们气势惊人，开得轰轰烈烈、漫天漫地、就那么一路沿街唱下去美下去了——香不惊人死不休。桂花的香，可是有名的，若是你从那一排桂树下走过，就深有体会了。可真是香死个人呐，一团团香气直压过来，令你无处可遁，不得不接受它近乎霸道的爱。"花气袭人知昼暖"，这香气就使人觉得眼前的一切都是暖的，恍如置身春天。

侄女说起她在苏州见过的桂花。她在苏州生活了近十年，提起桂花，满满的深情与回忆。她说，走在街上，几乎整条街上都是桂树，九月十月间，一街的桂花都开着，香气浓得化不开，走在路上，那小小的花朵轻轻落了下来，在风里荡着，沾在人的头上身上，不拂去也不要紧，留在衣襟上的全是香气。折一两枝别在衣襟或插于裤兜，天然的香熏，一天都是好心情。所以桂花又叫"九里香"，一树花，九里远的地方都闻得见呢。

这个场景令我痴痴地想了好久，有点怅然，也是无可奈何之事。记得江浙一带的女子爱戴应季的鲜花，《浮生六记》里的芸娘夏日戴的是一朵茉莉；也记得有办喜事的人家，女子头上也爱戴那么一朵叫不上名字的花。可有人戴一枝桂花从秋风里走过么？那可真是招摇啊。这又是一幅别有意趣的画了。

桂花可不是凡花，它的历史可悠久着呢。谁能想到，那小小微微的一朵花里，可藏着上下几千年的历史。先秦古籍《山海经》第一卷《南山经》首篇就提到了桂树："南山经之首曰鹊山。其首曰招摇之山，临于西海之上，多桂，多金玉。"《吕氏春秋》对芳香飘逸的桂花也大为赞赏："物之美者，招摇之桂。"金玉、招摇，两个多生动的词啊，仿佛看到自远古袅袅走来的女子，那个婀娜招摇，一步一步行来，环珮叮当，有金玉之声。如此明媚高贵，完全是大家闺秀做派。

据《中国植物志》记载，除了木犀这个别称，桂花还被称为岩桂、九里香、金粟等，为木犀科木犀属常绿阔叶乔木或灌木。因其叶脉形如圭字而被称为桂、圭木等，这应当是桂花最早出现的名称。

叶脉形如圭字？这个倒是不曾留意，若是再有机会遇见桂树，我定要仔细研究一下它的叶子，看究竟是不是这样的。印象中，它的叶子椭圆质坚，叶对生。一簇簇或黄或白的小花从浓密的枝叶间探出头来，像个羞涩的少女。

前几年一直想在花店买一盆小巧的桂树来养，可以放在书桌上，单单闻它的香气也好啊。但花店里的桂树都是大株的，最小的也半人高的样子。而且因为盆栽的原因，少了天地自然里的那种灵气，叶子说绿不绿，灰巴巴的，花朵颜色也不鲜亮，倒让人失了兴致。李时珍老先生说，天地造化才生成了草木，"得气之粹者为良"，百草得到气中之精华者为好的。盆栽不佳的原因便是少了那天地造化，不得气之精华。

那么还是远远地看着吧，像看着自己的碎碎念，像看着自己曾经的一个一个小梦想、小欢喜。仿佛隔着山高水长的光阴，仿佛隔了山一重水一重的想念。"山远始为容"，山水草木，隔得远一点欣赏，才妙。

桂花又是不张扬的，它们一串串、一簇簇紧紧挨在一起，每一朵像米粒般大小，有小家碧玉的别致。要看清一朵桂花的真容是不易的，所谓"君子藏器"，你只需远远地欣赏便是了。桂花原是以多取胜的。《红楼梦》里有个叫夏金桂的，薛蟠的老婆，令人顶讨厌的一个女人。夏金桂家里就有几十顷地独种桂花，凡长安城里的桂花局皆是夏家的，人称"桂花夏家"。这么金贵的花儿偏偏用在她身上，也是糟蹋了花。"空云似桂如兰"，还是用在袭人身上才好。

我见过的桂树不多，因它是喜温润潮湿的植物，江南之地才是它的天堂。中原小城，偶尔也在公园或路旁遇到一两株，零零星星，形不成气候。偶尔遇见，也不在意，往往先是凭香气认出是桂树的。闻香识女人，闻香更可识花哟。

桂花在本草里也有一席之地呢。《陆川本草》记载桂花可

"治痰饮喘咳"。《本草纲目》里记载桂花能"生津、辟臭、化痰、治疗虫牙痛"。桂花不仅可入药，还可制作各种食物，如桂花糕、桂花粥、桂花茶、桂花酒等，《红楼梦》里王夫人让丫鬟带给宝玉两瓶香露，其中一瓶是"木樨清露"，便是用桂花制作的养生妙品。月圆之夜，吴刚捧出的那坛桂花酒不知香了多少人间岁月？

　　人闲桂花落。必得是有闲情的人，才能看得见山涧的月光里，那随风悠悠荡下来的桂花，细碎无声，唯有一缕暗香飘过。江山风月，本无常主，闲者便是主人。我也在这浮躁人世片刻的闲里，邂逅了一树桂花。

梅边消息

一

昨天，因为在空间发了几张梅花的照片，南方的文友也给我拍了几张花的照片传过来。

照片上的花开得真好，好得像是假花。逼真到一定程度的事物，总觉得不真实，以为是许多桃红色的纸折成的。北方人见的花少，一时竟没认出是什么花。她说，是三角梅呀！——啊，三角梅？原是我心心念着的花，我竟没认出来。惭愧！看来，即便是心心念着的东西，也未必能一眼认出。比如多年未见的朋友。

她说，给三角梅写一篇文章吧，弄得像命题作文似的。我说："某作家也写过一篇，你可以找来看看。"她却撒娇似的反驳，"不，我只想看你写的！"这样的固执，让人心里一热。人也真是奇怪，一旦走近，便觉你什么都是好的。任它繁花万朵，我只赏你这一枝。

昨晚未动笔，因为神思全在那几树梅里了。即使勉力而为，也未必佳。权且放一放。有了距离感，再去看，才真切。

此时，是雪天的午后。无人来访。便静坐细看这两张照片。虽隔着屏幕，却像对着整个春天似的，眼里心里全是花红柳绿了，连呼吸都变得翠绿翠绿的。想起了她的话，"姐姐，该怎么形容它们的美呢？"不用形容，最好的东西一定是不能形容的，任何夸张、比喻都易失真。最好的方法是把自己的心与形融进去，和它成为一体，直到分不清哪是花、哪是人。

关于三角梅，我是心有愧疚的。去年买过一盆，一开始长得挺好，可是叶子慢慢枯黄了，随后渐渐落光，只剩了光秃秃的根茎，最后也腐烂了。惋惜，悲叹，也无能为力。

今年去花店，又遇到一株，那每一朵花都像在和我打招呼，"你爱我吗？你爱我吗？"那一张张小嘴令人不忍离开。可是卖花人说："我已经养死了一盆，说明我与它无缘，因为花与人也是讲究缘分的。"我爱你，可是我们无缘啊。叹口气，才明白，世间有许多事是人力所不能及的，《红楼梦》里宝玉看到花荫下画蔷的女孩子不也有这样的感叹吗！各花入各眼，各有所主，各有命也。

可是偏偏，友人发来的是三角梅，又惹我无端感慨。她说："这种花在广东几乎遍地皆是，随处可见，而且种类好多呢，一年四季都开着。"可以看出，这的确是一种生命力强又易活的花。它的盛大绚丽如汉赋，铺天盖地地压过来了，让人无处可躲，只能被它的香气萦绕着；它的明媚又如凡·高的画，强烈，鲜明，美得一塌糊涂。可它终究只属于南方呀，心虽爱慕，却奈何不能拥有。

这一片又一片的灿烂，奋不顾身地开着，不顾死活，不知羞地开着，仿佛热恋中的女子，有恨不能与之私奔的狂热。这狂热呀，拦都拦不住。它就是要艳，就是要出墙去窥探人世，有"朝闻道，夕死可矣"的劲头。

然而，它又是有些憨的，那一朵朵花就像一个个傻乎乎的问题，仰着脸，等着人去解答。这使它们拥有了孩子般的目光。隔着屏幕，蓦地遇上这目光，心里竟然一惊。

雾里看花，也是一种美。它是叫"三角梅"的女子。

二

亦想起另一种花，它的名字里也有一个梅字，却并不属于梅的品种——那就是蜡梅。我也是最近在百度搜索梅花的种类，才知蜡梅不属梅的科属。我惆怅了好一会儿，仿佛一个认识多年的人，忽然变得陌生起来。

此时中原的蜡梅也开了，前些天就看见老家的朋友在群里晒蜡梅花开的盛景呢。蜡梅是种很香的花，去年春节回去，见到干枯的花枝，折一枝在手中把玩，还香得很呢。用"零落成泥碾作尘，只有香如故"形容它也颇为贴切。西北的冬天，是没有花可赏的，我也渐渐失去了花的音讯。"渐行渐远渐无书，水阔鱼沉何处问。"偶尔看到别人晒花照，总觉得不真实，仿佛热闹是别人的，而我什么也没有。

汪曾祺在《蜡梅花》一文里写："我家的后园有四棵很大的蜡梅。"多大呢，主干有汤碗口粗细。我在老家的翠鸣湖公园里见过几棵，也不过是手腕粗细，有好多年头了。汪老写小时候给姐姐们折蜡梅的趣事，那是"一日上树能千回"的年纪，姐姐们在下面指点着，"这枝，这枝。哎，对了，对了!"姐姐们要的是旁逸斜出的枝子，这样的不蠢。就像形容一个女孩，那直愣愣的傻大个便不好看，必要有点婀娜、有点风姿才优雅。那旁逸斜出可不就是一种风流婀娜么! 还要几朵半开，多数是骨朵的，这样可以养好多天。想想，便有趣。

江南的蜡梅似乎都长了好多年似的，粗粗大大，那花朵也是密密的、黄灿灿的一片。想起一个隐居江南的故人来。他的小院里也有那么一棵高大粗壮的蜡梅，足有两层楼那么高。一整个冬天就那么灿烂地开着，冬天的味道就淡了几分。偶尔下点小雪，那花瓣便和冰凝结在一起，仿佛成了透明的化石，不荣不枯的样子，那便是真正的寒香了。他有时也折几枝插瓶，边喝茶，边赏花，一个人的日子倒也悠闲自在，清福无限。那实在是一个有雅趣的人。

有月亮的晚上，他就坐在屋前的台阶上，参禅读经文，看那一树月光笼罩里的蜡梅，他喜欢用叠字形容，他说："那花瓣薄薄的、亮亮的、柔柔的，在碎银子似的月光下，心似明月，澄静无尘。"一切美就在他的语言里活了过来。有时他踏晚风去庙里，整个人沐浴在月光梅花里，那衣上也沾了梅香呢。我觉得文人凡生在江南，又隐居的，多是带着仙气的。

江南忆，最忆是梅花。

买了潘向黎的《梅边消息》，每晚读一篇，有暗香、疏影之意境，仿佛闻到了丝丝缕缕的梅香。唐时风宋时雨，都随着一点梅消息入梦来，真是"十年一觉陇中梦，醒来梅花是前身"。

三

一想到梅，便有了过年的气氛。

每年入了腊月，总会买一盆朱砂梅置于案头。店家为了烘托气氛，会在上面挂几颗小红灯笼，这就有了迎新年的意味。梅是江南植物，总有几分娇气，不懂养花秘诀的我，每天只以清水浇灌，它竟渐渐发出嫩叶，花苞也一朵接一朵地开起来。我有事没事就傻看着它们、数着它们开的朵数，日子也变得滋润起来，好像自己也变成了一朵梅花。

"年年雪里，常插梅花醉。挼尽梅花无好意，赢得满衣清泪。"李易安笔下的梅花总有飘零之叹，我这异乡人最好还是少读为妙。如诗人余秀华所写，"这样的年纪，已不适合肝肠寸断"。

《红楼梦》妙玉栊翠庵里的红梅不知是什么品种，想必也是朱砂梅吧。琉璃世界白雪红梅，这飞尘不到清寒幽香的所在，恐怕也只有妙玉才配得上。难怪妙玉清高怪僻，大概是梅花浸出来的水晶玻璃人儿，冷冰冰的，不讨人喜，唯有宝黛还算入她法眼。"芦雪广联诗"一回罚宝玉去栊翠庵讨一枝红梅。想想我们风流俊赏的宝二爷披着大红氅、扛着一枝红梅得意归来的情景，可不就是画儿上的人吗？

有朱砂梅就该有白梅来跟它相配，人家玫瑰就有"红玫瑰和白玫瑰"，一个是朱砂痣，另一个是白月光。若是插瓶的话，白梅应该更胜一筹。

"岁朝清供"可是画家的爱物。记得看过一幅古画，大概是一位文人雅士吧，在茅舍里凭几而坐，俨然望着外面出神，几案上有花瓶一樽，想必盛满了清水。一童子手捧一枝梅花走来，脸上满是欢喜，想必是刚折下的，一定还落着昨夜的霜雪清露。那就用清水供起来吧，山寒水瘦的日子，有它陪着，参禅问道，远离尘世，自有一份清气。

这样想着，年便一天近似一天了。画上的小童天天问，什么时候才能过年啊？那竹篱茅舍里的隐者呵呵一笑，望着瓶中梅吟道："山家除夕无他事，插了梅花便过年。"

山中无甲子，寒尽不知年。好吧，插了梅花，便过年。

又见石榴

　　小雪节气，在老家一待数日。在老家的好处，除了能偷偷懒、吃了睡、睡了吃之外，便是时时能找回一点少年时的青葱记忆。这一点点记忆，使我清楚地知道了自己生命的来处。

　　早上，还在被窝里，听到手机微信铃响，打开一看，是文友王老师发来的一幅照片。王老师是资深摄影爱好者，热爱生活，富有情趣，走到哪拍到哪，对于摄影和审美有自己独到的见解。每每拍了好照片便发给我共赏，一年四季，总能欣赏到他记录的不同的风物景致。美景共赏，也是人生一大快事。

　　今天发来的照片，背景是湛蓝清澈的天空，干枯的树枝上赫然挂着几枚风干的红果，乍看，以为是柿子，经他提醒，才知是石榴。已经是初冬天气了，竟然还有石榴？也许是主人遗忘未摘的吧。王老师说，那是一户无人居住的空院子，主人长年在乡下，石榴只能寂寞红了。"涧户寂无人，纷纷开且落"，这番自生自落的场景倒令我生出几分惆怅，"岁月忽已晚"，这历经岁月所余的几枚果子，倒有一点隐逸之气了。

　　品味这零星寂寥的小雪石榴图（且称它为"小雪石榴图"吧），竟赏出了几分水墨画的意味，是王维晚境的"晚年惟好静，万事不关心"，对于学而优则仕的古代文人来说，达到万事不关心何等难矣。也是《红楼梦》里的世事洞明、洞若观火、目光如炬，更是苏轼的"归去，也无风雨也无晴"。想起王献之的《薄冷帖》，人生禀气，各有攸处。

而反观自身，不知怎么就活到了如今的田地，然而也无话可说，一切的幽微难言都如枝头的那几枚沉默的果。想起那日，爸爸的一位朋友发来微信，说读我的文章竟是五味杂陈，知我人生境遇坎坷，命途多舛，诸事难遂人意，颇为我意难平。活到这样的年龄，真的是五味杂陈了。这遗忘于枝头的石榴，也是一棵树经过不同境遇遭际所留的一点对于生命的感怀罢了。

石榴也是画家笔下的爱物。徐渭、吴昌硕、齐白石……有不少画家的画作都是以石榴为题材的。徐渭有一幅石榴图颇有意趣，也是这样的寥寥一枝斜垂，不过他的石榴是已经熟透炸开了口的，露出了颗颗饱满鲜红的籽实。边幅题款：秋深熟石榴，向天笑开口。深山少人行，颗颗明珠走。"明珠走"三字又写得笔走龙蛇，呼之欲出，让人联想到颗颗明珠几欲蹦跳出来，令人回味无穷。深山中的石榴，如无人赏的兰花，再好，也有一点寂寞吧。亦如作者那颗怀明珠而不遇的心。

汪曾祺笔下的石榴多了一丝人间烟火气，一派天真、率然，虽着墨焦黑，却不让人觉得寂寥孤单，反觉出一种人间温情。

而我记忆里的石榴都像是徐渭的画，有生于山谷的寂寞、安静、淡然，也有一点"明珠走"的独自欢喜。

年少时，在村里念中学。从学校到家，家到学校，两点一线，每天如此重复，单调无趣。没有朋友，没有姐妹，总是一个人孤单单地走在上学的路上。就像麦卡勒斯的《伤心咖啡馆之歌》里描写的小镇，沉闷、寂寞、忧郁、与世隔绝。而我就是那个百叶窗后的女孩，只能在夏日的午后，通过厚厚的百叶窗去俯视这座沉闷无趣的小镇。除此之外，再无人影。

我唯一的乐趣是看路边熟稔得不能再熟的风景。哪家墙头种了什么花、栽了几棵什么树、种了什么瓜果蔬菜，我每天数过来瞧过去，估计比它们的主人都清楚。印象最深的是一户有高高围墙的人家，一溜长的围墙上栽满了仙人掌，夏日里，开了夺目逼人的黄花，蜂蝶嗡嗡，每每让我惊奇，仙人掌花也能如此明媚俏丽。它们就一路陪着我黄下去、香下去，我仿佛是走在一条花径里。

那户人家的院子很大，清一色的乌蓝瓦房子，一间连着一间，庭院深深，望不见里面，只能看见房子旁边一团一团浓绿的石榴树。它于我是神秘的，每次路过，我都带着好奇往里探头看，可是很少看见人，有时会有人影一闪而过。石榴树是寂寞的，"五月榴花照眼明"，入了夏，那些铃铛一样的石榴花开得如火如荼，没完没了，难管难收，开得一腔热情又满腹寂寞，仿佛无尽头似的。它们铺陈在无数个清晨与黄昏，像我无聊的心绪，像我惆怅的青春时光。我和这些石榴树之间仿佛有了一种默契，一种秘密的约定。我们懂得彼此生命中的寂寞与无奈。

我一个人的夏天，一个人的繁花。小镇行人稀少，只有一个女孩子每天来来去去、脚步轻轻，若有所思，仿佛踩在了一地心事上。很羡慕那院里的人，可以有那么好看的树相伴，有那么安静的时光。后来读到白居易的诗，"血色罗裙翻酒污"，就觉得惊心，想起那满院火红的寂寞来。"今年欢笑复明年，秋月春风等闲度。"当时的我何曾知道，时间流逝如斯，电光火石之间，秋月春风，已是昨日之事。

等到了一定年龄，才发觉美丽的事物一定伴随着某种凋零与伤感，就像所有伟大的艺术都隐含着一种悲剧的宿命。《红楼梦》里的无限悲凉就蕴含在大观园的繁华热闹里。"二十年来辨是非，榴花开处照宫闱"的元春，明媚鲜艳能几时？榴花如火，却只是一时盛景。而血色石榴裙却让人总有"秋月春风等闲度"的惊心。那个叫武如意的女子对她的情人说："不信比来长下泪，开箱验取石榴裙。"石榴裙上留下的何止是泪痕，还有一个女子的青春与满腔深情。

记得，我们院子里也种过几株石榴。树苗是爸爸从朋友家寻来的，也不知是什么品种。爸爸精心地呵护它们，浇水、施肥、剪枝、打药，反正自从有了这几棵石榴树，爸爸就有了活干，每天忙得不亦乐乎。几年后，已是一人多高，绿叶成荫，开花，结果，使整个小院都显得生机蓬勃，热闹起来。这个品种结的石榴很小，籽实却大，颜色酒红，甜得很。汪曾祺在文章里写道："河南石榴，名满天下。"汪老的河南石榴是指洛阳白马寺的白马石榴，可见河南的石榴历史悠久，声名在外。后来我在县城教书，每年到了石榴收获的季节，爸爸都会给我背来半袋子，可以吃好长时间。

毕业后在学校教书时，和一要好女同事常在晚自习后到操场上散步谈心。每每，有一男同事在身后尾随而行，不远不近，从不说话。我和女同事感到浑身不自在，又不好发火，亦不能赶他走，因为操场散步不只是我们独有的专利。某一晚，又是如此，我们实在忍无可忍，便决定直接走过去质问他，为何总偷偷跟着我们。我们这一举动令他措手不及，他支支吾吾地说，他从老家带了几个石榴，留了一个大的想送给我，总是不好意思开口，放到现在已是不新鲜了。从第一天跟我们起，到那时已经一两个月过去了。我们以为他说谎，他指天地发誓说让我们等着，现在就去宿舍拿。我们等着看，他果真拿了一个圆竹筒跑过来，打开倒出，是一个早已枯干萎缩的小石榴。我们取笑他，不是说是个大石榴吗，怎么如此小，你还是继续在竹筒里放着吧，说不定会成个古董。看男同事满脸羞赧尴尬的样子，我俩笑着走开了。

现在想来，倒有些后悔，不该取笑一个年轻人纯真的心。也只有活到万般世事皆通透的年纪，才会站到远远的地方，怀着悲悯之心去看待曾经的人和事。

我喜欢欣赏石榴树、石榴花，可并不太喜欢吃石榴，因为觉得麻烦。吃石榴必得有耐心，一粒一粒剥下来，小心翼翼，像是吃着一盘子红水晶，很有点奢侈的感觉。网上也有许多新吃法，简单易行的几个步骤，便可把整个石榴籽取出来。这些方法倒是可让人一饱口福，却没有了一个人慢慢剥着吃的乐趣，少了一份"从前慢"的旧时光之感。大约我是个老派人吧，意识总停留在过去。很多时候，在与时俱进的同时，我们也丢掉了许多值得回味的东西。

中年的人看什么都是中年心情。旧时天气旧时衣，唯有心情，不似旧家时。又见石榴，我们都是已经岁月。幸好，我是在故乡的怀抱里。这也算是人生的一点慰藉吧。

春日最忆是榆钱

一个春天的夜晚，朋友通过微信给我发来几张照片。打开一看，是一簇簇碧绿的榆树的嫩枝，斜斜地依在春光里。整个手机屏幕都被绿茸茸鲜嫩的榆钱包围着，隔着屏幕，也能闻到那股清香，有见了故人的欢喜。那是我对春天的记忆，也是乡愁的滋味。

榆钱，在中原农村，是再寻常不过的野蔬，几乎每个人都能说出它的各种吃法，蒸、煮、炒，甚至可以直接生吃。《本草纲目》里面这样记载："榆未生叶时，枝条间先生榆荚，形状似钱而小，色白成串，俗呼榆钱。"它的名字也是寻常的，甚至有些恶俗，却是治病良药，又是农村人齿颊间难忘的一道美味。

如今，又到了吃榆钱的季节，"春风十万散榆钱"，簇簇榆钱挤挤挨挨，像少女的小心事、小情思。这点小念头不知是何时露出的尖尖角，它们仿佛是一夜之间长出来的。说真的，虽然从小吃榆钱长大，却并未曾留意它们是什么时候冒出的嫩芽，待我发现时，它们已是千树万树怒放的翠绿。它们恣意地开在春风里，层层叠叠，饱满如铜钱，连映着的阳光都是新的。圣经上说，日光之下，并无新事。可是家乡的一草一木于我都是全新的，新鲜如初见般的快乐与刺激。

　　看到朋友新蒸的榆钱，就能想象到掀开锅盖的一瞬间，日月风露的清新气息扑面而来，年少的记忆也在氤氲的蒸汽中浮上心头。想起小时候爬树摘榆钱的情景，那一串串花朵样的榆钱塞进嘴里大嚼的欢乐，仿佛把大把的春风、春色也全吃到了心里。那时虽然衣食艰难，但于我却是美好的、沉甸甸的回忆。这样的人生才有分量。

　　那时的春季，乌油油的榆钱，房前屋后皆是，采摘时，大姑娘小媳妇，三五成群，拿着长长的竿子，嬉笑着，说着闲话，摘下一筐筐碧绿的榆钱。她们脸上皆焕发着春日的光彩，是素朴的、劳动的美。现在回想起来，在那摘榆钱的日子里也偶有美好的恋爱故事发生。青春的美好，本就是杨柳新枝不染尘埃的洁净。小时的我跟在她们后面，只有仰头羡慕的份儿，因我是那样小，不知什么时候会长大，日子又是那样漫长。春日迟迟，这样想着，无端惆怅了起来。

　　蒸榆钱是中原乡下女人皆会的一项烹饪技艺。把新采的榆钱择净、淘洗，拌上面，放锅笼上蒸。新鲜的榆钱是最易熟的，只需几分钟，那野蔬特有的香气便飘得满屋都是。取出蒸好的榆钱，撒上盐、味精、蒜末、香油……哇！无上美味就可好好享用了，滋味悠长，如永生的童年。每每吃着妈妈蒸的榆钱，便觉得有一种岁月的安稳，仿佛日子是踏实、笃定的，永远也不会有什么风浪与变迁。

　　榆钱又是薄命的。好的东西总是不能长久。它们盛装而来，不几日工夫便旋即凋零。我甚至也不知道它们是何时开始枯萎的，没有过渡，没有安排，没有准备，就这样一下子，铺天盖地落了下来，"风吹榆钱落如雨""满地榆钱逐晓风""杨花榆荚无才思，惟解漫天作雪飞"，如雨的榆钱哗哗地被晓风卷起，堆在路边、水沟里，或粘在人的鞋底。那漫天的洁白真叫人惆怅啊，春光似乎也一下子尽了，花事已了。幸而，它还在唐诗里漫天飞着，在乡间无尽的岁月里开着。

在西北生活了十年，年年春来，也偶尔见到榆钱。当地人基本不吃，不知什么缘故。我也去采摘过一两次，每每引来过路人的好奇，问我采这做什么，需不停地给别人解释，他们也只是报以好奇不解的目光。也有懂得我此番行为的人，大老远便闻得她们一声欢呼，细问之下，才知是河南老乡，颇有点"停船暂借问，或恐是同乡"的惊喜。这大约是刻在生命里的一种最初的印记，只需凭此，便可于茫茫人海中相认。哦，原来你也在这里！

半生飘零，独在异乡，终日奔波，并未脱胎换骨，正如歌德在意大利给母亲的信中所说的"变成一个新人回来"。日子没有变得更好，也没有更坏，大多数时候是困顿中的自我拯救，如那些凋零的榆钱，身陷渠沟，却仍然埋首向前飞，不问前路，不计生命长短，安静、沉默、坚韧地活着。

独自走在异乡的草木间，听得耳边飒飒风声，疑心植物也是有脚、有灵魂、有记忆的。在时间与空间里，它们匆忙地奔赴在下一个季节里。

故乡的红薯

　　一直想写写家乡的红薯。从小是吃它长大的，到了西北后又难得见到"真正的红薯"，我所谓"真正的"其实是就家乡那种纯正的味道而言，说白了，就是记忆里的味道。再说的文雅一些就是乡愁了。当然了，超市里也有，可是品相一般，味道更是没有红薯味儿，我就知道它们不是来自我的家乡。有时就颓丧地想，我家乡的红薯怎么会来到这儿呢，这么远，连我都不想待的地方，红薯也不喜欢待吧？这里，漫山遍野多的是"洋芋蛋"，学名土豆，生就一副圆圆憨憨的模样，吃得多了，人也变得憨憨的。

　　我是多么怀念家乡的红薯呀。可是真让我详细介绍一下红薯的生长过程，我脑子里却是一片茫然。记忆里，我很少去地里干农活，是我偷懒不想去呢，还是当时上学没机会，也记不清了。在农村长大的我，却对许多庄稼的春种秋收一无所知，真枉担了一个农家子弟的虚名。那些芝麻呀、大豆呀、麦子水稻呀，偏偏庄稼的种类又这么多，以至于我根本分不清它们的栽种与收获季节。这么多庄稼，它们一年又一年美好安静地生长，供养农人，我却不了解它们，真是不能原谅。

有一次，家乡一个文友给我发了张花生开花的照片，让我猜是何种农作物，我竟愚笨到没有认出。以为永远也不会忘记的事物，却在时间的流逝里与记忆渐行渐远。这是多么无可奈何的事！

　　趁着这次回娘家，终于有机会当面向老爸好好请教，以解我心头多日的疑惑。我先夸爸爸是种庄稼的行家里手，爸爸得意地笑，我妈却不满意了，说："你爸是行家里手？你爸连个农具都不会去借！"第一句的语调提得高高的，相当不服气，后一句又压得重重的，仿佛是无尽的埋怨。我知道，他们年轻时，庄稼地里的农活儿全让妈妈承包了，老爸却每天在舞文弄墨，不是画就是写，种地反倒成了业余的。

　　一直以来，我最感到好奇的是红薯的种法，难道也有红薯苗，还是把红薯的块茎直接种进土里？听到我的疑问，爸爸先从红薯的育苗给我讲起，说是在春季三四月间，挑选优质的红薯埋进土里，连着浇水几天，红薯的嫩芽慢慢就露了出来，然后把长大的嫩芽剪枝栽进地里。我有点难以相信，一枝红薯芽插到土里就能活？爸爸说："是呀，这些嫩枝是很容易活的，它们见了土地仿佛见了亲人，不几天便扎下了根。"想想真是不可思议，乡间的庄稼就是如此神奇，不用怎么精心呵护，也无须刻意，沾了土地就能活，那是它们与大自然、与土地的神秘交流。

　　红薯的藤是蔓延很快的，嫩枝栽进土里，它们就开始铆足了劲长，像个充满活力的小娃娃，一直向前爬呀爬，过段时间再看，已是绿叶成荫枝满地。我记得年少时喜欢站在田埂上，看布满红薯碧叶的庄稼地，红薯的叶柄举着卵形的叶子，每一片都像是一颗心。心连着心，真是无穷碧呀。夕阳西下，淡淡的余晖斜铺在红薯叶上，真像一幅浓墨重彩的水彩画，绿色是它浓重的底色。每逢此时，我都是痴呆地站在那里，看得心里也全是绿意，什么想法也没有，只是呆呆地出神，像被一种自然的美所震撼。末了，总是被爸爸老远的一声"回家了"喊醒，抬头一看，爸爸已经走到路边在等我了。是的，该回家了。踏着露水浓重的草地，一路与爸爸默默走着，竟羞于与他谈起自己的这种小情小调。那时我的世界很小，小到只有一块红薯田。在以后的岁月里，我有无数条路通向记忆中那片碧绿的红薯田，却没有一条路可以走出。

爸爸说，接下来就该给红薯翻秧了。翻红薯秧我是有印象的，小时偶尔跟大人去地里给红薯翻秧，却不知所以然。今天问起，爸爸说是因为红薯的枝茎沾了土便会扎根，如果任其随意扎根，主根部的营养就会分散，从而导致结的红薯又少又小，所以要不停地翻起那些长长的藤蔓。红薯的茎叶随处可扎根，任意生长的顽强生命力却给我们带来了不小的麻烦。现在想来，那年翻红薯秧的爸爸也不过四十岁左右，他在红薯田里蹲下来看着庄稼时的眼神是那么专注、深情、耐心，像看着他的一个个孩子，他的手不断地扬起落下，长时间重复着同一个动作。那么大一片田野，那么多的庄稼，显得他是那么孤独、弱小，他仿佛是在红薯田里一瞬间变老的……

我又问到开花的问题。爸爸说红薯很少开花，但有些也开。我才知道，这次不是我的记忆出了差错，红薯是真的不需开花便可结出果实。我想，如果它是一个人，一定是个坚忍沉默而稳重的人。它甚至不需要花开的招摇与张扬。

记忆如红薯根须四处蔓延，说着说着，我们又忆起红薯的香甜味道，那种甜香谁能忘得了呢？特别是经了霜的更甜更糯，这亦如饱经风霜的人，阅尽世事后更懂得生活。继而又想起红薯的茎叶也有多种吃法，我至今仍念念不忘炒红薯叶的香味，那是我心里无可替代的美味。我又想起自己用它的茎做耳环的趣事。看来我自小便是爱美的人，虽不像张爱玲那样发誓八岁要梳爱司头，却用植物做过各样的首饰，用楝枣串镯子、用红薯茎做耳环、用新发的柳枝编发箍……那些山花野草插满头的无忧时光啊。

爸爸感叹，红薯全身都是宝，过去的穷日子全靠了它，一日三餐都离不了。早上煮着吃，中午烧红薯稀饭，晚上又喝红薯茶，吃剩的便给牲畜们。那时农村流传的俗语是："红薯汤，红薯馍，离开红薯不能活。"爸爸烧火做饭时，总会把几个小红薯扔进火塘，不一会儿便烤熟了。烤红薯可是很香的，虽然每次都吃成一张小黑嘴，却是余味无穷，幸福满满。其实在我们当地农村，是把红薯叫白薯，不管白瓤、红瓤笼统都称白薯。现在还有紫薯、黑薯，营养价值更高，但我最喜欢吃的仍是白薯。

在异乡我喜欢种绿萝，每次看到绿萝的叶子，都会使我想起故乡的红薯叶。那不知疲倦绿着的绿萝，是红薯的前世吗？我又是谁？我的前世呢？

看到有人把红薯放进玻璃器皿里水培，竟然长得分外蓬勃好看，那一帘绿色，如花般赏心悦目。我也试过几次，不知什么原因，只发出来寥寥几片小叶子，楚楚可怜，令人生出怜惜之意。方寸之内的禁锢约束，终究使它缺少了一份乡野气的泼辣。与它最相亲的终究是土地。

老来多健忘，唯不忘相思。在渐渐老去的光阴里，仍有一缕情思在牵引着我的目光。

桃　红

在西北的这些年，我认识了许多植物，也养了许多花花草草。买花、种花成了我的业余嗜好，甚至计划着写一本关于植物系列的书。也许是孤独的缘故吧，它们的生机与多彩填补了我身处异乡的空白，我把它们当成寂寞时可以倾诉的伙伴。

这些花草，偶尔也使我想起故乡的花来。乡下孩子认识的花不多，况且那时父母并不喜欢养花，他们长年忙着地里的庄稼，根本没有闲情去侍弄花草。小时的我是很羡慕家里有花坛的女同学的。河南农村的花坛是砌在堂屋的一侧，用方砖砌成长方形，高约一米，里面填上土，把各种花籽撒在里面，这样整个一年都断断续续有花可赏了。桃红便是其中的一种。

桃红，是豫地农村最常见的花草。它的学名叫"凤仙花"，又叫指甲花、急性子、女儿花。我们当地人都叫它桃红，可能因为它的叶子像桃叶，开的花大多为红色之故吧。总之，这是一种与女孩有缘的花。

桃红，叫起来就像一个女孩的名字。有时，我也错觉地以为她就是故乡邻家的一个女孩子，穿着一袭红色衣裙，站在十里春风中，腮边搽着胭脂俏皮可爱。读小学一年级时，我还曾把自己名字中的"虹"改成"红"，我喜欢这个"红"，多么有朝气、多么鲜亮的字眼，我甚至为这个改换而暗暗得意。直到有一天，爸爸在我课本的书封上发现了这个变化，给我讲了"虹"的含义，我才极不情愿地改过来。

在农村，桃红是极寻常的，只要种花的人家就少不了它，有的种在花坛里，有的种在瓦盆、陶罐里，甚至屋角墙角墙头上，它们婀娜的身姿随处可见。但我家是没有花坛的，为此每到春天，看到别人家院子里的花草，我总有些淡淡的惆怅。关系好的女伴总会安慰我，说等到下雨天，就给我移一两株。于是我便开始天天盼着下雨了。

终于下了雨，女伴从花坛里挖出两三株弱弱的桃红花苗递给我，我兴奋又虔诚地用双手捧着，一路淋雨跑回去，还没到院子里就扯着嗓子喊妈妈。妈妈看到花也很欢喜，原来妈妈也是喜欢花的，可是她为什么不给我砌个花坛呢。

春雨里，我与妈妈找瓦盆、挖土，把花栽进去。我和妈妈站在渐渐大起来的雨中，欣喜地看着这细弱的几株小花，我在想，也许明天它们就会长得高一点，再过些日子，它们就会开花，暑假来时，我就可以用它们染指甲了。多么可爱的傻气啊。后来，那些桃红有的活了，有的渐渐枯萎死掉。然而，年年春天，我都会从女同学家里移上几株，在雨里一路欢喜地小跑回去。

它们仿佛寄托着我童年的全部快乐。是的，这一星点夹杂着惆怅的欢悦是多么难忘，那雨里捧着桃红的女孩子，是春日里最美的风景。

印象最深的当然是用桃红染指甲。六七月份的河南天气已经很热了，那时的桃红长得正好，茎有拇指粗，花开得正艳，大多是深红色的，有单瓣，也有重瓣的，重瓣的我们叫它"实疙瘩"，仿佛叫一个实心眼的丫头。此时的桃红染指甲是最好的，容易着色，且颜色鲜亮。

黄昏时，妈妈就开始准备了，先找来一小块白矾，这个白矾的量也是有讲究的，太多或太少效果都不好。找几枝粗壮的桃红，连同茎叶、白矾一起在碗里捣碎，要一直捣成糊状，然后敷在指甲上，最后在手心里放一小撮，握成拳头，用麻叶或梧桐叶裹住，再用线缚牢，我们称之"小猴拳"，确实像小猴的拳头。每次缚牢后，大人就提醒我们不要乱动。暑热天气，有蚊子左右嗡嗡，忍不住想用手挠，妈妈就用芭蕉扇为我驱赶蚊虫。后半夜，暑热退去，渐有凉风吹来，妈妈的芭蕉扇也变成有一搭没一搭的。我把两个小拳头放在耳边，嗅着桃红的气味，渐渐睡去。

夏夜我们是睡在院子里的大梧桐树下，这棵树高大粗壮，两个人都合抱不过来，树荫浓密如伞盖，常有鸟儿与鸣蝉栖于其间。夜深时，除了妈妈有一搭没一搭的芭蕉扇声，再有就是树上偶尔落下的水滴声。水滴落在院子里毛茸茸的青苔上，间或落在我们脸上，凉丝丝的，我总会迷迷糊糊地对妈妈说："知了又尿我脸上了。"妈妈说："睡吧，明天早上你的红指甲就染好了。"是啊，明天，应该是美好的一天。在夏夜梧桐清凉的水滴声里，连梦都是香甜的。

所以，如果记忆是有味道的，我的记忆里就有桃红的味道。

那时和我一起染过红指甲的女孩子有村里的彩云和三妞。三妞长我三岁，彩云长我一岁。我们也经常比谁的"小猴拳"包得好，谁晚上睡得不老实把缠的叶子抓掉了，谁的指甲染得匀称而鲜艳。彩云说话的声音高而亮，我们开玩笑叫她"唐老鸭"，她亦不生气；三妞说话像开机关枪，跟一个老师傅练过一段时间的武术，总给我们讲她如何智斗男生的趣事。我读初中时，彩云已经辍学，找了男朋友；三妞后来也找了婆家。一直到现在，多少年过去了，我们再未见过。也常想起"琉璃易碎，彩云易散"的句子，唯有那年年长在墙角或瓦盆里的桃红，替我们保留着少年的天真与美好。

去年回老家的县城，见一女邻居的头发红得异样，问她，说是用桃红染的。哦，惊讶的同时，才想起已有多年未见过这种花了。我离家已整十年。

妈妈偶尔会说，要去找些花籽给我寄过来，最终没有寄。异乡的土也未必养得活，还是让它留在记忆里吧。我知道，老屋的窗下始终长着一丛桃红。

存着那一抹红，让它在记忆里，慢慢沉淀，变得更深更浓。

你好，香花儿

　　忽然想起家乡的一种花草，可是记不起来名字了，只记得叫香什么，香什么呢？回忆如水蔓延，一位小学女同学的名字又进入脑海，她叫香菊——莫非是叫香菊？我打电话向我妈确认。我妈被我这突如其来的问题问得一愣，一时也没记起来。她也离开老家好多年了，家里的花花草草曾经像她最喜欢的女儿们，现在也变得遥远而模糊了。

　　在我的一再提示下，我妈终于想起来了。她纠正了我的记忆，说这种植物应该叫香花。中原方言的发音儿化音比较明显，叫出来应该是香花儿，那个"花儿"的音要发的轻而巧，有种香气袅袅的感觉，好像真的在喊乡间邻家一个女孩儿的名字。如今这么一说，它也仿佛从我记忆的墙头上探出一张可爱的脸来，好似青枝绿叶的身影。

　　不死心，非要追根究底，查了百度，才知它的学名叫罗勒，别名还挺多，"圣约瑟夫草""九层塔""金不换""兰香"。圣约瑟夫草，像西方男孩的名字；九层塔应该是根据它的花序层叠如塔，以表示多数的"九"来命名的；金不换，让我想到的是那个"卖红薯的七品知县"，这跟我记忆中的香花儿完全不搭。有些失落，记忆中熟悉亲切的香花仿佛突然间变得陌生起来，少了些乡间的泥土气，多了学究气。想起一句歌词，"星星咋不像那颗星星哟，月亮也不像那个月亮，河也不是那条河哟，房也不是那座房……"

谁把我的香花变成了罗勒，变成了什么圣约瑟夫呢？我才不管什么勒、什么夫呢，它永远都是我最初记得的香花儿。就好像《罗密欧与朱丽叶》里说的："我们叫作玫瑰的这一种花，要是换了个名字，它的香味还是同样的芬芳。"所以罗密欧姓不姓蒙太古有什么关系呢？他不还是这样一个他吗？

后来读书，每遇见写植物的就很留意，看有没有写到它的，汪曾祺的文章里不记得写过，只在一个青春女作家的散文里读到过，大意是如果让她到一个新的地方重新开始生活，她该如何应对。她给自己列了一张单子，上面都是必需的东西，其中一条就是添置几个花盆，种上罗勒和蔷薇。读到这里，我在心里惊呼了一下，就是它了，是它！原来有人和我一样喜欢，尽管它是如此普通，不显眼。

还是说说我记忆中的它吧。香，大概是它最突出的特点，气味接近茴香与薄荷，我每每揪了它的叶子放在鼻子上闻，瞌睡了就把叶子揉捻粘在眼皮上，有醒脑提神的功效。

记得读小学时，每到夏季，中午淘气不休息，跟了其他孩子去游泳捉鱼掏鸟，下午课堂上有倦意，便每每带几片香花儿叶子，逢打瞌睡时趁老师不注意便闻一闻，或揉搓后擦太阳穴和眼皮处，顿时精神一振，仿佛一帖清凉散。

中原夏夜多蚊蝇，天又热，胳膊腿上被蚊虫叮咬得红肿，奇痒难忍，只要揪一两片香花儿叶子在腿上揉搓一会儿，便可止氧消肿。这种土方法是很灵验的。有一次翻看《本草纲目》，在菜部的目录里一瞥看见"罗勒"两字,属荤辛类。赶紧翻到罗勒那一节,上写别名"香菜"。香菜?又使我一愣,再看,说它到处都有生长,有三个品种。一种像紫苏叶;一种叶大,香气很浓;一种能做成凉拌菜。按这样说,我家乡的香花儿应是第二种,叶大香气浓,因为我们从来没有吃过它的叶子,只是借它的香气驱蚊虫。现在才知它是一味中药,能治疗很多疾病,比如消化食物、除恶气、治牙齿烂疮、排毒等。

中原农村几乎家家都种有这种香花儿,和凤仙花一样普通常见。奇怪的是,离开家乡后就好像再没见过。也许是它们过于寻常,到处可以生长,在花店的名花中自然见不着;也许在异乡的人家也曾与它匆匆邂逅,偶然一瞥,却未能相认。总觉得不是。记忆自有它的固执。

如今,竟连它的名字也不记得了,要靠一个儿时伙伴的名字来确认。也许是我老了的缘故吧。那个叫香菊的女孩子呢?我们小时可是三天一大吵、两天一小吵,她长得如香花儿一样青葱可爱,唇边一个深深的酒窝,笑起来如一朵小花,嘴巴却不饶人,又薄又锋利。

有一年我从外地读书回来,在村口碰见她。她年长我一两岁,在农村也到了谈婚论嫁的年龄,她欢喜地拉我到她家,从柜子里取出她美丽的嫁衣给我看。是那样美的一条裙子,她幸福地在身上比试着,她的脸笑得真像一朵菊花。她向我说起她的未婚夫,一个家境殷实的男孩子,年长她几岁,心地朴实良善。她说着,又有点淡淡的惆怅,但那惆怅也是甜蜜的。

我相信她是幸福的,就好像相信那些香花儿仍在故园翠绿着。至于我,就像"本草"里形容的那句,"它到处都有生长"。我的身体里一定携带着它的某种精神基因,最细微不易被察觉的烙印，即使身处贫瘠寒冷之地，也能活着，再活着。

　　来西北多年，因从小生长环境使然，也因家族遗传的体质，我的身体格外柔弱，经不得西北的严寒风沙天气，更经不起生活的折腾，时时在病中。病中之人，就格外思念家乡的一草一木。夜深，念之，有惺惺相惜之意，禁不住潸然泪下，情不能自已。人有心灵多么好啊，花圃里的花不在了，心田里的还在。

　　一个作者，无论他写什么，都是在写自己。想自己十多年飘零在外，孑然一身，无依无靠，又悲从中来。好在，还有一些物，两三亲人，可以惦念。

远方，那棵苦楝树

一

乡下长大的孩子，在野地跑惯了，认识的野生植物不少，会开花的树却见得不多。楝树是这为数不多中的一种。

小时候，家门口栽了一棵楝树。在农村，好像每家门前都会有那么一棵树。从遥远的记忆里回想起来，那些院子都是相似的。

印象中，那棵楝树好像一直在开花。其实，是我最喜欢它在春天的样子。楝树的花，开在春末。桃花李花开过了，一场盛大花事过去，小村已经是春意阑珊的样子。

某一天，突然发现，楝树的枝头冒出了一簇簇紫色的花蕾。它们仿佛是约好的，在一夜之间绽放，头挨着头，肩靠着肩，像一群闹哄哄的小姑娘，穿着紫色的裙子，吹着喇叭，在风里舞蹈。在其他春花争奇斗艳时，它们一直在默默积蓄力量，不争，不抢，却在春的尾声里一鸣惊人。

楝花和丁香花很像，不仔细区分，以为是同一种花呢。第一次见到丁香花，竟脱口而出，这不就是我家乡的楝花吗？

席慕蓉在一首写苦楝的诗里这样形容楝花：远远望去，你几乎不能相信，一棵苦楝能够开得这样疯狂，而同时又这样温柔。

是的，楝花的盛开是疯狂的，像个不管不顾的女子，于刹那之间，展露所有的风华。但她又是温柔的，温柔得悄无声息。默默地开，默默地落。

这棵楝树，除了我，有谁注意到它的开落、荣枯？它不过是棵普通的树，开着普通的花。多少年来，农人早已司空见惯。无人怜，无人惜，自开自落。可它仍然年年这样盛大地开，不为取悦谁，也不为卖弄。只因它是草木，盛开，是它的本心。

小时候，没有玩具，也没有玩伴。一个人独来独往，像一棵树那样寂寞。每天放学后，就站在那棵楝树下发呆、远眺，偶尔抬头仰望这些无声的花朵。不知心里想些什么，也许什么都没想，又好像有那么一点莫名的忧伤。有一天黄昏，实在无趣，我甚至在楝树下和一个女孩打了一架。我们两败俱伤。她涨红着脸，哭着走了。我一个人站在树下，也落了几滴泪。夕阳下，楝树一声不响地陪着我，我只觉无比的孤独。

有时，也会折几枝楝花，拿在手里玩。放在鼻子上闻闻，有一股淡淡的清香，又有一丝苦味。这是我闻过的最特别的香味。记忆是有味道的。就凭着这一丝苦味，我可以在梦里、在回忆里，一次次与它重逢。

春天，在有月亮的晚上，我领着邻家的小孩子在楝树下看月亮。微风吹来，飘来楝花的香味，月亮似乎更圆更亮了。小孩子不过两岁，脸盘圆圆的，真像月亮。我指着天空说："看，月奶奶！"他也挥舞着小手说："月奶奶，月奶奶！"那稚嫩的声音，仿佛此刻还响在我的耳边。去年回老家，听说那孩子已经高中毕业了。时间，过得好快。

二

棟树，像个苦出身的孩子，简直就是苦水里泡大的。它从内到外都是苦的，连结的棟枣都是苦的。农村人都管它叫苦棟，它还有一个名字叫哑巴树。真是有苦难言。有苦不能说，有苦也不说，这多像家乡祖祖辈辈生活着的农人啊，心里憋着一股子韧劲、干劲，再大的苦难也会挺过去。

一棵苦命的树，却开出了如此美丽芬芳的花朵。这大约是对"香自苦寒来"的最好诠释。结棟枣的那段时间，我经常爬到树上摘，我要用它穿镯子。棟枣的形状像碧绿的珠子，用针线穿起来，就成了一串好看的镯子，可以在手上戴好多天。洗脸、吃饭、写作业时，抬手就可以闻到一股植物特有的木香，比什么金银好多了。贾平凹说，好女不戴金。你看，从小，棟树就教会了我，什么是素朴之美。

棟树长得很快，像个猛窜猛长的青春期孩子。为了怕茂密的枝干碰到架在空中的高压电线，爸爸年年春天要修剪它的枝条。在树旁放一个梯子，爸爸腰里别着斧头，三下两下就敏捷地上去了。小小的我，站在树下仰着脖子看。爸爸挥动斧头时，棟枣也随之震动，哗啦啦地往下落，砸在我的身上，头上，有下雨般的快乐。我快乐极了，在树下捡啊捡、一边笑一边捡。有时候，我也把棟枣放进嘴里嚼，却又马上伸伸舌头快速吐出来，扮个鬼脸。

真希望日子永远是这样的，爸爸在树上，那般年轻，他挥动斧头的样子潇洒有力；我在树下，小小的，弯腰捡拾着属于我的快乐。

三

初夏时节的河南农村有一种习俗，闺女出嫁的头三年，要去亲戚家拜节。那时，农村穷，没什么礼品拿，就自己炸些油条。把油条放进竹篮里，上面再铺上薄薄一层楝树叶子。不知为什么单单放楝树叶子，总之，被楝叶覆盖香薰过的油条，吃起来有一种别样的清香。

那时，能吃上一根油条于我们小孩子来说就是无上美味。所以，每每看到后座挂着竹篮的自行车停在我家门口，正在外面玩耍的我，就会一溜烟地跑到院子里冲妈妈喊："妈，来人了，来人了！"那喊声里是满满的喜悦。每每看到楝树的枝叶，就想起那些年月里吃过的油条，清香无比。这个"苦孩子"，却给人留下了甜美的回忆。

后来，我到外地读书。再回来，那棵楝树已经没有了。妈妈说："村子里要修路，嫌这棵树碍事，就把它砍了。"家门前是有了一条路，但也只剩一条路了。光秃秃的一条路。那亭亭如盖的一团浓荫，那丁香般的繁花，永远地消失了。以后，也不会再有了。新农村建设进行得如火如荼，没有人在意一棵树的消亡。

结婚后，我去了西北。一走多年，在西北根本见不到楝树，它渐渐淡出了我的视野、我的记忆。我很少想起它，只有在看到写树木的文章时，心里才会蓦然一动，想起老家门口那棵苦楝树。原来，我的心里，一直种着这样一棵树。在时光的河床深处，这湿润的回忆，一点一点浸濡那早已干涸的河床，它才渐渐显露出来。

狄金森在一首小诗里写道：

如果记住就是忘却，

我将不再回忆。

如果忘却就是记住，

我多么接近于忘却。

　　老家、故乡，对于漂泊在外的我，渐渐变成了一种概念、一种抽象的情感。它的底色，是紫色，忧郁的紫。我常在春天的晚上，梦见那满树紫色。

　　著名红学家俞平伯来到河南息县的五七干校，诗兴大发，连写两首《楝花》。其二云：

　　此树婆娑近浅塘，繁英飘落似丁香。

　　绿荫庭院休回首，应许他乡胜故乡。

　　"应许他乡胜故乡"，是说楝树，也是在说我这个异乡人啊。泪眼蒙眬中，又闻到那股淡淡的清香，带有一丝苦味的香，在我的生命里，经久不散。

树　缘

　　窗外，有一棵泡桐树。高大、苍翠、枝丫舒展、树干笔直，有一种率真的美。

　　这是一棵从《诗经》里长出来的树，"树之榛栗，椅桐梓漆，爰伐琴瑟"，两千多年来，它就带着琴瑟之音一直这样长着，从过去到现在，甚至长到我的西窗下，直到遇见我。人世间，地球上就该有这么好看、好听的树。而人类在植物面前又显得那么微小如尘，除了在微风里欣赏它的枝叶、写点小文小诗，我又能做些什么呢？但至少它让我懂得了什么是"无我之境"，就冲这一点，我们人类在大自然面前就得充满敬畏之心。

　　隔树望过去，是一片灰蒙蒙的楼房。视野所及，除了建筑，还是建筑。那些建筑设计独特，气势宏伟，但在我眼里，却抵不过一棵自然生长的树。城市空间的拥挤狭窄，使绿色只能成为其间可怜的点缀。绿色的梦只能存在于每一个行色匆匆、为生计奔波的城市人心里，成为一种遥远的奢望。我庆幸自己每天能拥有一片没有修饰、没有剪裁的绿色，眼睛可以在绿色中自由旅行，心灵因此拥有无数宁静丰满的日子。

　　每每看书疲倦，或是写作劳累时，抬头就会看见它。从窗子里望去、绿树、翠鸟、蓝天、浮动的云，像是一幅镶嵌在天地间的风景画，不着一笔，尽得风流。这幅画面不是凝滞的、死板的，每一个景致随时都在变化，有一种流动的美。清人张潮说："文章是案头之山水，山水是地上之文章。"我要说，这幅流动的风景就是天地书写的一篇美文，每一个叶片都是它葱茏的文字，每一朵云都是它飘扬的文思。

《礼记·月令》中说："季春之月，桐始华。"春天，在三月暖风的吹拂下，泡桐孕育了一年的心事绽放出千万朵紫色的花朵，形状像百合，颜色似丁香，花繁似海。在和煦的阳光里，泛着紫色的光芒，亮丽惹眼，晃得人眼睛都睁不开了。微风吹来，隐约飘来略带甜味儿的花香，让人想起罗伯特·舒曼的《梦幻曲》，只想在花下做一个甜甜的梦。怀了处子之心，怀了一脸春色，谁说我不爱你，这满树繁花就是证据。此时心里涌上来的，都是诗句啊。古时的诗人有雅兴在月光下赏桐花，唐代的元稹和白居易，在互赠的诗里写道："微月照桐花，月微花漠漠。""月下何所有，一树紫桐花。"可以说他们开创了赏桐花的新意境。

夏天，是最能凸显泡桐生命力旺盛的季节。它的每一片叶子都是那么饱满、鲜亮，团扇似的，密密重叠，仿佛在我的窗外矗立了一座青山。午后，蝉的大合唱就开始了，"居高声自远"，它们长长的叫声仿佛也拉长了整个夏天。"蝉噪林愈静"，在这些喧哗里我却感受到了一种心灵的宁静。对于它们，我是忠实的聆听者，是一个心灵对另一个心灵的倾听、应和。这场隆重的演出，虽然只有我一个观众，却并不显得冷清。正因为这世间太嘈杂了，才少了很多倾听的耳朵。听着蝉声，我在它为我撑起的绿荫里发呆、读诗、做梦。我会觉得自己也融入了大自然，没有了柴米油盐的琐碎，没有了蜗角虚名的烦恼，没有了得失之患，只有灵魂的愉悦，只有美的享受。我甚至觉得有了它，我就可以在这个地方活下去了。

常常在面对它时，我会变得失语，失去一切思维，仿佛自己也化作了一棵树，一棵努力生长、拥有尊严、拥有高贵灵魂的树。我总觉得，树是有灵性的，它一定能感知到来自另一个生命的欣赏与尊重。"相看两不厌"写的就是这种境界吧！

秋天，是属于诗的，而诗中最美、最忧伤的意象莫过于梧桐了。虽然我也为它的飘零而忧伤，但我更喜欢它的发丝飘落时的那种静美。"一声梧叶一声秋"，当片片黄叶纷飞在我的窗前，秋意就浓了。听风吹桐叶又是另一种心灵体验，那真的是天籁，大自然的秘密都藏在一棵树里。临窗而立，听风穿过枝叶间的萧萧声，像是有人在弹奏着清越忧伤的琴曲。以此怀想，东汉蔡邕的焦尾琴发出的琴音，不知该有怎样的动人心魄、余音绕梁？想必是梅心惊破，多少春情意。

在漫长的秋夜，听着窗外雨打梧叶声，那些千年前的诗句全部涌到眉间心上："梧桐树，三更雨。不道离情正苦。一叶叶，一声声，空阶滴到明。""梧桐更兼细雨，到黄昏，点点滴滴。""雨滴梧桐秋夜长。"在这一刻，我仿佛穿越千年光阴和古人心意相通了。卑微如我，渺小如我，然而这一瞬，我感受到了精神上的碰撞和升华。我是在活着，但我不再是庸常的那个我，我在感受生命的律动，在品味诗歌与艺术的盛宴。

即使是冬天，当铅华洗尽，当繁华已逝，它依然拥有着令人敬畏的孤傲与倔强。它看起来孤独而疲惫，像一个衰弱的老人。但我知道，在这树的底下，在粗壮的根部，生命的脉流依然生生不息，为来年的芬芳积蓄着力量。就像一个人，不经过挫折和孤独，就不会有真正的成熟和深刻。

一棵树，无论在何种境遇下，都能活出一种美，展现一种尊严和高贵，这不得不让我心向往之。

　　我不知道，当初是哪一只神奇的手把它种在了我的窗前，只记得十一年前我搬进这栋楼房时它就已经在这里了。十一年的岁月流转，光阴早把人抛，而它还是老样子，依旧默默伫立在我的窗外，春荣秋枯，看花开花落，看人世悲欢。

　　我甚至不知道，我们会相守多久，不知道它未来的命运会以怎样一种方式结束。生命的谜，有谁能看透呢？如张爱玲所说，生命有它的图案，我们唯有临摹。但只要有现在就很好了。岁月静好，生命澄澈，带着一些禅意，带着一些淡淡的忧伤，穿行在彼此的生命里。

二辑

旧/时/月/色

像一片蓝那样

更衣记

在三十岁之前，写作与阅读绝对不是我的最爱。我的最爱是衣服。买衣穿衣，有恋爱的快乐。

犹记得，在校园里，穿着浅蓝色的吊带长裙，披一头长发走在路上的情景。回头率无数，而自己的神情也是骄傲的。遇见自己喜欢的人，亦不动声色，任他频频回头，心里是抑制不住的狂喜。

始终觉得，衣服比男人要贴心，它懂你的冷暖，不会伤害你。男人是易变的，但衣服不会，反倒越旧越熨帖暖心。同年龄的女子忙着谈恋爱，我却忙着花钱买衣服。曾经，认识我的人都知道我是购衣狂，每次发了工资，第一件事便是往服装店跑，生怕早已看好的衣服被别人抢走了。曾经的我，衣不惊人死不休，出名要趁早，穿衣也要趁早呀，越早才越痛快。

天性洒脱不羁，多次跳槽，换工作单位，那些与我有过交集的人恐怕早不记得我的样子了，但若提到那个一天换一身衣服的女子，他们一定会记得。我也因此落了个雅号——衣架子。

师范刚毕业时，我的工资才二百出头。工资这边发下来，我就和同事华搭车去县城的贸易区，那个狂购呀，心里那个美呀。

贸易区的衣服都极便宜，二百多可以买好几件。白衬衣、牛仔裤、棉布裙子……随便一件穿上都是好看的。青春就有这样的好，再便宜的衣服穿上都是美的。单位年龄大的女领导每次见我都夸："你怎么穿啥都好看，二十几元的运动服都能穿得这样好看。"

在某个基层部门上班时，我穿着吊带裙去办公，惹得主任老大不满，私下警告我，以后不许再这样穿了。可是，我哪里听得进去呀，年轻的心，正野着呢，像那洪水不可阻挡，大有"衣不惊人死不休"的气势。

后来，到县城上班，工资高了，购衣的花销也越来越大，而且开始追求所谓的牌子。和闺蜜在一起，讨论最多的就是衣服和减肥。在购衣上，我有过两个死党，一个是华，另一个是夏。多次和夏在县城的大小服装店出没，一天下来，两人手里提着大大小小的购物袋，腰累得直不起来，脚底磨出了血泡。一边坐在商场的凳子上叫苦连天，一边两眼放光地继续瞄衣服。

暮色渐浓的大街上，高大的悬铃木树下，我和夏提着大包小包，心满意足，快乐并脚痛着，幸福地走在回家的路上。那时，觉得青春长得怎么都用不完，像花钱一样使劲浪费着，还是漫无尽头。

炎炎盛夏的中午，一个人穿着凉拖，撑把遮阳伞，也会逛得不亦乐乎。几乎所有服装店的老板都认识我，见到我就像见到了老朋友。后来，我去西北，那些老板常会问起："那个爱买衣服的女子哪里去了？"小城从此，再无我穿梭的身影。那只蝴蝶，早已飞往别处，而且，也已是人如黄花了。

在万千衣服中，我总能很幸运地找到属于自己的那一款，只适合自己，穿在别人身上完全不是那个味道。这需要大浪淘沙的劲头，更需一双慧眼。这就如谈恋爱找男友，道理是一样的。适合自己的才是最好的。好多次，别人问："你这件衣服在哪里买的？"告诉了她，可是后来听她说，那件衣服并不适合她。

一个人，成年后的种种行为跟她年少时的经历是分不开的。张爱玲因为继母给她的那件旧旗袍，整个青春期没完没了地穿，她形容那暗红的颜色是"碎牛肉的颜色"，令她想起都觉得恶心。所以成年后的张爱玲常穿奇装异服，拼命出尽风头，大约是为了心理平衡。

我的少年时期，也是千疮百孔，有着不为人知的暗伤。我也有那么一件没完没了穿着，却厌恶透顶的衣服。

那时，家里经济拮据，添一件衣服是很奢侈的事，是到新年才有的待遇。平时的衣服大多是表姐们穿剩下的。记得有一条天蓝色的裤子，是莲表姐的。因她身材高大，体形丰满，妈妈只能把裤子截掉一些。截短之后，裤筒显得又肥又短，如充满了气的大袋子，瘦小的我穿上显得很滑稽，有点"套中人"的感觉。

每天穿着它走在路上，觉得有很多双眼睛都在看我，心里既难堪又自卑。可是我再也没有别的裤子可穿了，不喜欢还得每天穿着，那滋味终生难忘。所以我极少出门，也很少有朋友。我也不喜欢走亲戚，每次都是被父母教训一顿后，才磨磨唧唧地出门。

十四岁时，我第一次有了一件大红色棉衣，是妈妈从集市上买来的，是我喜欢的那种很正的大红色，很亮，很艳，穿在身上，觉得把整个世界都照亮了。我那潜藏在青春中的美丽，也一点一点地渐露头角。那件棉衣我整整穿了半年，当然是脏了晚上洗，白天干了继续穿，所以我好像有一百件这样的衣服似的。我总是暗暗告诉自己，其实我只要一件喜欢的就够了。

那时，我爱上语文课。我的语文老师，是一个温文尔雅、低调沉默、忧郁深沉的人，十四岁的我一下子被他的这种气质给迷住了。在他的面前，我怎么可以没有漂亮的衣服呢？而我最好的衣服也只有那件红棉衣了，而且天气已经渐渐转热。妈妈劝我换件别的，我却死活不肯。

总希望，以最美的盛开，以最倾城的姿态，与想遇见的人不期而遇。也许，疯狂爱上衣服，发誓以后有钱了要买尽天下衣的念头，就是从那一刻开始的吧。

此后十几年，算是过尽了衣服的瘾。三十岁之后，得了一场大病，渐渐想明白了许多事。不再盲目地追求一些虚无的东西，开始想到一些最真实、最本真的东西，比如心灵的思考、生命的本质、灵魂的归宿。我想，这也是我的老师希望看到的。尽管，他再也看不到了。

三十岁之后，我喜欢上了棉麻的衣服。又轻又舒服，贴心、淡然、随性，像一个历尽千帆、看透一切的人。也只有这样的年龄，才能懂这衣服的妙处。

人生，不正是如此么，淡然、随性、达观，才算是悟透了。

异乡记

下着小雨的晚上，我和罗叔步行去找一位河南老乡。

两天前，朋友 Y 给我打电话，兴奋地告诉我，她遇到了我的一个河南老乡，不仅是郑州的，还是中牟的。这个消息让我心里震动了一下。我在西北的小城住了八年，也寻觅了八年，第一次听到有中牟人在这里。那份激动可想而知。

罗叔听说有中牟老乡在这里，也很高兴。夜里，冒着细雨，我们决定去拜访老乡。不知她的名字，只知她在新城开了一家西餐店。听 Y 说，她还经营着一家珠宝店，是个很有头脑的生意人。

平时，我一个人待习惯了，深居简出，看书写作，几乎与外界无涉，更不喜与生意人打交道。因乡情两字，因内心共同的一份感受、一份寂寞，我恨不能快些见到她。

找到那家快餐店时，已是九点多了，店里稀稀落落地坐了几个人。一鼓气，径直推门进去，见门边坐着个圆脸的黑衣女子，看那矜持的表情像是老板。我试探性地问她，"是河南中牟的老乡吗？"她一下子跳起来，拉住我的手，兴奋地迭声说着："是啊是啊。"赶快让座，又让服务员拿饮料。那一瞬，有些恍惚，看看罗叔，又看看她，虽是初次见面，但扑面而来的乡音、亲切的微笑，让我以为是在家里了。反认他乡是故乡。

我们三个用中牟方言交流，说起父辈熟悉的朋友，说起各自的家庭、孩子、人生际遇；又说起中牟城里的小街小巷，那些隐藏于街巷间的小吃，胡辣汤、油条、烧饼等，熟悉又亲切的味道。

得知她明天要回家乡办事，只恨不能脱身，与她一起离开。知道我写作，她说："姐，把我也写进书里吧。"我说："没问题。"很多年来，我一直在写着异乡人的寂寞与孤独、奋斗与挣扎、成功与自立。我文字的底色，是那老屋砖缝里漏进的一缕黄昏之色，几丝怅惘，几许凄然。是暮春的飞花、轻盈的愁，荡在心间。

不觉，天色晚矣，起身告别，如在梦里。夜色里，她和我们挥手再见，说着再来之类的话，竟让我有了异样的怅惘。想起《围城》里的一句话，"离开一个地方就等于死一次"。我们，都是死了一次的人。

始终相信，每一个生命中遇见的人，在前世都有一份难解的缘，在今生才有这千丝万缕的联系。曾经，陌生的我与她，也定在中牟小城的某个街道擦肩而过，也定在某个小店吃着同一种小吃，却是相对不相识。缘分把我们安排在多年后的异乡，让我们以这种方式相识。也唯有这种方式，才让人铭记与珍惜。

第二天，天仍在下雨。开车送罗叔去火车站。很不凑巧，他来的这两天，一直在下雨。大多时间在家聊天了，听他说自己的创作经历、人生经历，也聊起中原的写作名家，那名字一个个如雷贯耳，听他谈起与某报副刊编辑的友情，令人羡慕。

路上，我对他说："叔，我就不上站台送你了。我怕站台，怕它带给人的别离之痛。有次去送父母，在站台上看着火车远去，我哭了好久。"罗叔说他已想好了写我的文章题目——《孤独的女儿》，以报告文学的形式写我创作的历程，从十几岁到现在，时间跨度二十多年。

　　"挥手自兹去，萧萧班马鸣。"站在黄昏的细雨里，目送故人远去，心里波涌难平。人生如飞鸿，飘忽无定，不知下次相见是何时。

　　远处的广播里唱着，"故人何在，前程哪里，心事谁同？"我听得耳热，他唱得悲凉。

　　她，他，都踏上了回家的路。想起她那晚的话，"姐，有啥往家捎的东西没，我开车，帮你捎回去。"能捎些什么呢？唯有这如歌的细雨，这满腔的愁绪，这一个人的低语吧。

年年有今日

一

晚上，快十二点了，准备休息，收到米儿发来的消息。打开看，是半阕词。"投老残年，江南谁念方回。东风渐绿西湖柳。雁已还，人未南归。最关情，折尽梅花，难寄相思。"

读到最后一句，微微有些失神。夜阑更深，读到这样的句子，总会使人黯然神伤。接着又收到一个大哭的表情。觉得事情不妙，这女子是怎么了，又在夜晚凭吊何人呢？

认识米儿几年了，她也写作，写诗，写散文，字里行间总流溢着一股淡淡的伤感。偶尔也会深夜畅谈。我的书还未出版，她老早就说，要给她留一本。感念于这千里之外的一份懂得，在文字里惺惺相惜。

沉默了一会儿，收到米儿回信，她说，今天是他的生日。虽然我还不知道这是个怎样的故事，但仅此七字，足以使人莫名为之落泪。模糊记得去年此时，她也告诉过我这样一件事。年年岁岁，他的生日，她始终记得，却只能在这样的深夜痛哭。

他们认识，是一九九九年的事，到现在，算算，二十几年的时光过去了，他始终是她的春闺梦里人。她心上的疤痕还在隐隐作痛。也许，得不到的，永远是最好的。

她分辨说，已经放下了，一年只此一日为他伤怀。这句话倒令我想起不久前看的电影《年年有今日》，一部笑中有泪的爱情剧，关于爱，关于相守与别离。人生，注定是千疮百孔的。

"料得年年肠断处，明月夜，短松冈。"旷达乐观的苏东坡亦未能免俗，何况我们？

二

他是她的初恋。其实根本未恋，要勉强说恋，也只能是多年前的一个夜晚，他于黑暗中轻轻地吻了她一下。就那么一个吻，让她人到中年，还念念不忘。更多时候，是她一个人的相思煎熬。

他们两家离得不远，一直在同一所学校读书，后来到外地读书，两人仍在一个学校。她不知道是从什么时候开始喜欢上他的，悄悄为他折过一千只千纸鹤，每只都写上他的名字。她甚至不顾少女的羞怯，跑到他的教室去找他，这令他很难堪。每次他有困难，她总会第一个出现在他面前。他家穷，她也在经济上帮助过他。可是，落花有意，流水无情。他的心里，始终没给她留一点位置，只把她当妹妹看待。

后来，他谈恋爱、结婚、离婚、出国。她渐渐失去他的消息。她结婚后，在百度上发帖寻他，就如《胭脂扣》里痴情的如花苦苦寻着她的十二少。十二少早已风华不再，庸俗粗鄙，猥琐不堪，可是他还是她的梦里人呀。即便阴阳两隔，她还是要来寻他。因为他们相约，等着我，无论多久，一定要等着我。

发出的帖，有人留言，告之了他的联系方式。原来，他已回国，经历一次离异，又结婚了。有时想想，人生真是滑稽。他可以爱上很多女人，却唯独没有她；他可以一再地结婚、离婚，但这里面的女主角永远不是她。

这样的一个男子，她为何要如此留恋？她说，她留恋的不是他，而是青春岁月里那个美好的自己。她翻箱倒柜，找出当年的四本日记拍照给我看。她说，四本呢，多少个日日夜夜呀，怎么会忘？

米儿说，他第二次结婚前联系过她，他说："我要结婚了，给我绣幅十字绣吧，我会保存一辈子。"一辈子，一辈子有多长啊？她一针一线地绣，把自己这么多年绵密的心事全绣进那五个字里——家和万事兴。她希望他好，希望他幸福。她永远不怨，不怨走不进他的心里。

三

转眼，大家都已步入中年。经历世事沧桑、人情炎凉，没有了少年的锐气、青春的莽撞，他开始以成熟的眼光去看待她多年来这份默默的情意。有些事情，一定要等到中年才会蓦然醒悟，征伐已了，没有了锐气与棱角，知道自己不过如此，知道自己的渺小与卑微。若不是一个女子如此沉甸甸的心意，自己又算得了什么，和其他男人有什么区别？

那些曾经被自己轻易抛洒的爱，突然如珍似宝，旧日虽远，她却是你的灯塔或是路标，你要借助它，重返年轻时代。此时，你才知道，你年轻过，你曾活在一个女子不动声色的爱里，重要的是，你被人爱过。

难道非要等到时光逝去、容颜苍老，你才能明了，她有多么重要？只是，"尊前重见，镜里花难折。也应惊问：近来多少华发？"

每年，他的生日，他都会给她打一个电话，希望他们能见一面。时间，让他把她视作了亲人。此生，他不能报之以爱情，唯以永远的知己、亲人待之。

我说，米儿，这样的结局多好。至少，你感受的永远是美好，没有夫妻间的琐碎争吵，不必为柴米油盐而烦心，不会觉得失望乏味。你们在彼此心中，被时光凝固，只有永恒。

四

人生一世，短暂如流星一瞬。有人可怀，有情可恋，有人可爱，总是弥足珍贵的。此生，若能遇到一个惺惺相惜之人，是何其幸运的事。

忽然想起一个人对我说过的话——无论你在何处，你总在我的心里。谁说往事如风？往事，它始终在人的心里。

写到此处，忽然想听听《成都》这首歌。打开手机，赵雷的声音从夜色里传来：

> 让我掉下眼泪的，不止昨夜的酒
> 让我依依不舍的，不止你的温柔
> 余路还要走多久，你攥着我的手

让我感到为难的，是挣扎的自由

......

每个女人的心里，都有那么一个人的影子。它提醒我们，曾经爱过，也被爱过。对于写作的女人来说，幸运的是，我们可以让这个影子活在我们的文字里。有什么比文字更长久的呢？

所以，今夜，我写下米儿的故事。

明月前身

"明月前身"是我的微信名，在网上写文章偶尔也用它做笔名。有朋友问起它的出处与缘起，其实我自己也忘了是从哪里看来的。后来看到吴昌硕有一枚印章刻的是这四个字，钟嵘的《诗品》上有"流水今日，明月前身"的句子，作家车前子写过一本散文集叫《明月前身》，又或许是我一时兴起自己的杜撰吧，莫名喜欢，就用它做了自己的微信名。

在家乡的论坛上发表文章时，用它做了笔名。有网友说，看见这四个字，便想落泪。是的，每次用它发文章，我的心里也落着泪。

离开家乡十年了。十年一觉天涯梦，我在异地写了几十万字的文章，字字都是对它的倾诉与思念，句句饱含着我对它的相思血泪，却不曾在这个小小的论坛上发过只言片语。我彻底地消失了，那样干净，不留一点痕迹。就像张爱玲从此再不回上海。我以为，我也不再与那片土地有任何关联。我想消除和它有关的一切，就像毁掉自己的胎记。心里一定是痛的。

对于故乡，我亦只是永远的漂泊者。浮云蔽白日，游子不顾返。每一个离乡的人，各有各的原因，但总归是不想回头了。一回首，全是泪呀。

罗叔,那个小城的老作家,是最早加入省作协的小城文化名人。他说,你应该让那片土地知道你,因为你是它的骄傲。

想了想,决定把一部分文章发表在小城的文学论坛上。两天后,论坛上有人评论说:"这文字似曾相识。"三天后,有人问:"是你么?"还有人问:"你是某某镇某某村的女子么?"还有人说:"我们或许是同届的同学吧?"一时间,心里百感交集。

弘一法师圆寂前写下了"悲欣交集"四字。也只有这四字能形容我此时的心情。我用了笔名,却依旧有人从文章中认出了我。那个我,既在文字之内,又在文字之外,是她们记忆里的我,没有身份与年龄,没有岁月与风霜,只是最初的那个我。对,是我!是你的朋友、同学、同乡。你,你,你,还有你,你们还好吗?

看到有人直呼我的小名时,心里颤抖了一下。这个名字,只有为数不多的人知道。那么他,一定是故人了。一定。果然,他说,十年前,我们曾畅谈过《红楼梦》,他找了我十年,可我却人间蒸发了。他说得无比生动感人,但我真的不记得了。十年光阴,足以忘记很多东西。

十年,是一个令人伤感的词。我想起了陈奕迅的《十年》。十年生死,两茫茫。很久没人叫过我的这个小名了,关键是知道的人越来越少。现在的我,是明月前身。流水今日,明月前身。仿佛看见时间的脚步,一点一点地流走了,再回首,已是前尘往事。

他说:"想不到你的文章已有了大家风范,真替你高兴。现在每天就喜欢看你的文章。"拨开岁月的层层蛛网,沿着蛛丝小径一一探寻,才模糊记起他是谁。

文字的还乡,使我且悲且喜。喜的是,我的文章被大家喜欢肯定;悲的是,我忘了好多东西,像个失忆的人。在家乡面前,我显得脆弱而无助。我再也不能沿着旧路清晰地一一找回过去的一切。

有人说起，三十年前曾在老家见过我一次，当时还是中学生模样，正在西窗下读书。他说的，我也不记得了。西窗下，原是有爸爸种的一株葡萄，每到夏天，葡萄藤爬满了架子，在我的窗前洒下一片清凉的绿荫。最喜夏日长，因了那微风拂过的绿影，捧卷而读是最快乐的时光。

当时明月在，曾照彩云归。明月啊，那只是我的前身。如张爱玲在《金锁记》里写的："年轻的人想着三十年前的月亮该是铜钱大的一个红黄的湿晕，像朵云轩信笺上落了一滴泪珠，陈旧而迷糊。老年人回忆中的三十年前的月亮是欢愉的，比眼前的月亮大、圆、白。然而隔着三十年的辛苦路往回看，再好的月色也不免带点凄凉。"

想起怀斯的一幅画，一个女子，在苍茫雪地上，背着包，弯着腰独自前行。几多疲惫，几多沧桑。我认定，这条路一定是她回家的路。暮色苍茫中，她的归来是那样坚定、清晰。她一定跋涉了好久。

哪一个游子的脚步没有令人惆怅的暮色？可是，无论走了多久，漂泊多远，还是回来了。回来了，真好。

记得去年假期，回家陪妈妈去医院看病。出租车上，司机问我，是不是好久没回来了。我好奇他怎么知道。他呵呵笑着说："因为你说的好多地名现在都不用了。"

哦，我恍然。一切，都变了，而我的记忆还停留在原地。那片树林、那个村、那个镇、那些人、那些事，都不在了。已如千年前尘封于地下的古董。无人知，也无人能解读它们的密码。

密码，它还在我的心里。明月，前身。

裙子记

　　如今我不再渴望裙子了。我恍惚在六月的风里，这里的天气、风、阳光、水土，它们不适合我，不适合我的裙子们。我的裙子都在记忆里，一箱子，一柜子。我有时在想象里把它们一件一件摊开，晾晒在中年的每个午后，以第三者身不在场的眼光，抚平褶皱，如同抚平记忆。而我，我本人，仿佛是一个身背历史的人，过去一切由此苏醒、复活。

　　这是一件有意思的事，把记忆中的裙子一件件拎出来，坐着看它、念它，闻着樟脑丸的气息，仿佛是对着一位老朋友，亲切，有点感伤。即便感伤，我也觉得快乐。我随每一件裙子回到那时那地、那个年纪、那段岁月，真的很快乐。我就仿佛永远不会老去似的，时间它拿我也没办法，有时真以为时间停滞了。其实分分秒秒不都是人为的设置吗？只要不去看、不去想，时间就约等于静止。

　　有时我的思绪停在一件白底黑花的裙子上，我觉得自己像只蝴蝶，任性地在花上飞来飞去，仿佛整个夏天都是自己的。那大概是我有记忆以来的第一条裙子吧。那时我五岁，乖乖地趴在教室第一排中间最左边的位置上。语文老师是中年女人，但那时她在我眼里已经很老了。其实她当时不过四十岁左右，喜欢穿白色的确良衬衫。她和我爸爸是朋友，平时就总爱逗我玩，大概觉得我是班上年龄最小的孩子，又有一股子机灵劲儿。见了我父亲，她的话滔滔不绝，把我夸到天上去了，大意不外是我如何如何聪明。那时的上课不怎么像上课，我不记得自己的成绩怎么样，也不记得老师讲些什么，只记得一下课就往厕所跑，学校的厕所很小，人永远那么多，要排好长的队，而我总担心上课铃响起。我又极不情愿迟到后喊那声报告，所有人都会把眼光齐刷刷投过来，好像大家都知道我是因上厕所才迟到的。

记忆中仿佛没别的衣服，多的是裙子。妈妈也喜欢我穿着裙子，因为她觉得女孩天生就该属于裙子。她是一个多么爱美的妈妈呀。所以我从早到晚就是裙子，膝盖和胳膊晒得黑黑的，跟小伙伴去游泳倒是便利，裙子一扔，恰好落在芦苇丛上，而我们扑通跳下去，全成了小泥鳅。

第二条是一件棉布的绿色格子裙，是父母去开封办事时给我买的。棉布软软的，穿在身上特别凉快舒服，上面有只小口袋。每次我蹦蹦跳跳拿着五角钱去门口的小摊上买瓜子，而且蛮自信地指着五香的说："买这种，五角钱的！"那声音分外清脆响亮，因为没钱时居多，有了钱当然理直气壮了。卖瓜子的老奶奶都会可劲地把我的小口袋塞满，边塞边说，给你的可多了，看，这么多！妈妈说老奶奶给我的量其实只有一两角钱的，学校附近的大人也说老太太爱哄骗孩子，小孩去买东西总是要短缺一点。我听了也只是小小失落那么一下，然后仍然会在下次得到几角钱时像旋风一样奔向她。我满足于她给我装满口袋时的快乐。她姓白。我觉得这个姓也是好的。它让我想起月光和春天的梨花。我手捂口袋跑起来时，瓜子在里面哗啦啦地响，真快乐呀！我会找个没人看见的地方，靠着墙，一个一个嗑，嗑得清脆、响亮，怎么那么香呢？世上怎么有这么好吃的东西呢？此时的幸福多么纯粹，它就仅仅是眼前这一小袋瓜子。

我一直对物质的欲望不够强烈，一直到现在都是，从未改变过。我始终记得那个穿格子裙的小女孩手握一包瓜子的情景，我不会贪恋眼睛范围之外的本不属于我的事物。那个场景就是一面镜子，它告诉我，人可以活得这么简单素朴，人类不该在成年后让它变得越来越复杂，以至于忘记了幸福到底是什么。

还有一件白裙子。我甚至穿着它学骑自行车。家里刚买的永久牌二十八寸自行车，黑得发亮，我好生羡慕。不知哪儿来的一股力量，有天下午放学后，我悄悄推着自行车出了院子，在家门口的小路上，反反复复推着，我和车身高度差不多，却有一股子想制服它的决心。刚开始是推着走，然后是一只脚踏上脚镫，另一只脚在地面不停助力，渐渐地，我的另一只脚也可以快速地从横梁下面穿过去，链子盒"咔嗒咔嗒"的声音仿佛是修鞋匠打造鞋子时的古老歌谣，在我听来无比动人。白裙子女孩是多么自由幸福，她的裙子被风吹起来，她觉得自己的身体也飞起来……月亮升起来了，父母喊我吃饭的声音传来，我好像没听见，他们在院子里寻不到，就出来找，我大概像卡尔维诺笔下躲在树上不肯下来的小男孩，在树和夜的阴影里自顾自地骑着，虽然只能蹬半圈，虽然是"咔嗒咔嗒"单调的伴奏。

他们两人看到我的滑稽动作都笑起来，然后站在路边欣赏起我的表演来，一边看一边夸赞一边还乐不可支地笑。妈妈的笑声很响亮，整个小路的静谧都被她的笑声惊动了，月光的清波也仿佛被振得起了波纹。是你能想象到的，一对年轻夫妻看着孩子的那种笑，满足陶醉幸福，看着自己的孩子，小树苗一样慢慢长大了，有了自己的想法，有了她自己的世界，而且她是那么快乐。那时的父母是多么年轻啊，他们的笑声也是年轻的。

以后我就骑着车子去庄稼地，看瓜、插秧……长夏无人，田野里，只听见自行车"咔嗒咔嗒"的声音，开始只能蹬半圈，后来会蹬一圈。我的裙子飘荡在那些夏日里，让人想起久石让的曲子《夏天》，那旋律是欢快的、流动的。

许多年之后，读日本女作家安房直子的童话，觉得里面的主人公像极了童年的自己。每个孩子都曾是童话里的人物，或者精灵。

整个小学时代，一定还有许多裙子吧，只是我不记得了。进了中学之后，繁弦急管，时间仿佛一下子快起来，连成长都是飞速式的。我有了更多自由选择的余地，和妈妈去乡镇的集市上，我会挑自己喜欢的裙子款式或花色。我一直不怎么喜欢大红大绿，这可能和我的性格有关。我不太同别人说话，我也不需要他人带给我的无意义的热闹，我会在心里上演各种想象的离奇情节，我有我自己的世界，不需要别人参与。孤独时我想象我有一只巨大的狗，它可以在上学放学路上保护我，我会有许多美丽的裙子；我会穿着我的白裙子去看病，我的身体虚弱，需要长期服用中药，那个医生很温和、也很阳光，他配的中药一点儿也不苦。这些都是裙子带给我的幸福感。

中学快毕业时，我让妈妈给我买了一件白衬衣和一条背带格子裙。我穿着它们进入夏季炎热六月的考场。然后，懵懂迷茫的青少年时代似乎就结束了。

大学时，我有过一件天蓝色的棉麻长裙。裙子很飘逸，走在校园里，回头率很高。我觉得很得意。我们班里的同学都是从各地挑选出来的佼佼者，走在路上，本来就有一种自命不凡。后来毕业多年，还有人告诉我，他记得我那条蓝裙子，以及脚上凉鞋的颜色款式，只是没有勇气上前打个招呼。

后来，似乎拥有了更多的裙子，每件都有它自身存在过的辉煌经历。第一次登上讲台，第一次遇见他，去参加各种各样的比赛……裙子也是有生命、有记忆的，它会替你记得生命里的每一天，以及每一次闪光。

在生命的隧道里左冲右突、拐弯、碰壁，直到30岁时，我来到一个全新的地方。时光从中拦腰截断，"咔嚓"一下，就与过去告别了。这个地方寒冷的日子居多，冬季时间长，最炎热的三伏天也不是我家乡的那个热法，所以我几乎不再穿裙子了。性格也渐渐变得强硬粗糙起来，即使偶尔淘来一件裙子，穿上也不是那个味道。橘生淮南则为橘，生于淮北则为枳，这样的现实总是令人有点心酸。

我知道我不会有裙子了，像过去的许多年，像我的童年、少年那样。我永远都不会有那么多裙子了。

其实，亲爱的读者，你知道我说的不是裙子，我说的是梦，是少女的梦。只是它碰到了冷冷的现实，我只能如此描摹，仿佛在描一幅画。它的底色如此苍凉。

当我们在夜晚的火车上，我们会想些什么

　　我想用一个长长的题目，表达我长长的情意。无人知的情意，和夜色、孤独、喜悦，一起漫过来。此时此地，夜晚的火车上，一车厢人都睡去的时刻，我想这么矫情一回。

　　我要与自己分享这样的夜晚，这样的时刻。一火车的人，十几节车厢，却仿佛只剩下我一个人。雪小禅说，"一个人"是三个有意味的字。两个人，便有了温暖、有了依靠、有了温度。这样的时刻，只能是一个人，必须是一个人。多一个人，就不是这个味，这个意境了。

　　甘肃定西是个小城，高铁还在修建中，到郑州，最便捷的方式只能是火车。很慢的车，还有老式的绿皮车，晃晃悠悠的，像生活在旧时光里的醉汉，走一站算一站，一点不着急。

　　这次，我也并不着急。有什么可急的呢？慢慢地，一站一站晃过去，任心情和窗外的风景一起流动，像老电影里的慢镜头，恋恋风尘呀，一组组，黑白色的，晃过去……

　　情到深处人孤独。我常有这样洪水肆虐般的情，在沉溺中一次次感受孤独。每次坐车，我都喜欢坐在靠窗的位置，因为可以神游天地，体验庄子的逍遥美学。此时，靠窗的位子全空着，只

有我，还在欣赏这外面的夜色。只觉耳边有风，车身与空气摩擦的气流，极其尖锐地穿透玻璃，穿过心灵，直抵灵魂深处。

夜色里的灯，星星点点。人散后的凉如水。好似夜行人的眼睛，令人想起夜奔——夜里的私奔。月黑风高，茫茫白雪，要赴一场怎样的约会，才会如此不管不顾。多么美好的一意孤行。一生一次，就够了。

有时候，必须依赖一些痛、一点伤、一些美好，才能深深地理解生活，也才能看透生活的真相。想起柴静在《看见》里写的：这就是生活，必须忍受。别无他法。

置身于摇摇晃晃的车厢，仿佛是飘在无边的宇宙空间里，连时间都不存在了。身体在别处。当你无畏时，连时间都奈何不得。我不曾离开，也未曾老去，小半生的光阴，只不过是倏忽间的事。

在思绪蔓延的无边无际里，忽然想到这样一个问题，如果人可以得到一个机会，重新回到二十岁，是否愿意选择回去？我的回答是不会选择回去。不管目前的生活好或坏，我都不愿意再回去。

人永远都无法知道自己该要什么。如果一个人的秉性、气质、本质不改变，即便重新再来一次，依然会是同样的选择和结果。那也就是说，我在遇见他的时候，依然会义无反顾地跟他走，听从他的每一声召唤。我依然会在定西的这座小城，度过我的后半生。

生命，只能有一次。我们既不能拿它跟前世比，也不能在来生加以修正。生命的初次排练就已经是生命本身了。

这暗沉沉的夜里，众生寂静的时刻，我的心里，却已走过了万水千山。从此岸到彼岸，其实，并不远。

邻铺的母女正睡得香。母亲是甘肃白银人，怀着三个月的身孕，带着八岁的女儿去山东菏泽的婆家。下午，我们一直在聊。我说得口干舌燥，可是心里满满的都是喜悦。我们聊西北的慢生活，一如这慢悠悠的火车，令人有怀旧的欢喜。但我们只字不提孩子的学习成绩，我们是两个与众不同的妈妈。我们只希望孩子在自由的、没有比较的天地里，快乐地生活。

对面中铺的女子，是天水人。黄河之水天上来。天水，是个有想象力的词，浸透了水淋淋的诗意。天水女子，不过二十多岁，也早步入了围城。一个多小时的时间里，一直在絮叨婆媳间的烦恼。生活仿佛在她的脚踝上套了铁链。她的小小的咬啮性的烦恼，因为年轻，看起来也是可爱的。

我喜欢这不完美的生活。因为真实。充满悲喜与生离。我将在这深深的、沉沉的夜里，睡去了……

妈妈的瓜豆

提到瓜豆，就令人想起"种瓜得瓜，种豆得豆"的俗语来。我这里要写的瓜豆是我家乡常见的一种酱——瓜豆酱，当地人多简称为"瓜豆"。这种酱既不在袁枚的《随园食单》里，也不在美食家和高级饭店的菜单上，它就是老家的农人一代代传下来的，年深月久像日子一样平常，融入最普通的乡间生活，有烟火味、有柴米油盐的日常味、有农忙时节农人的汗珠子味，也有家家各自的悲欢离合、人生五味。

瓜豆在我们当地是最普通的菜，家家都有，也几乎顿顿都吃。平时炒菜烩菜放一点，可生吃，从屋角陈年的老罐子里挖出一勺，放点香油和青辣椒丝就可以拌饭吃；也可在热油里用葱花炸一下，再撒上切碎的花生末味道更香。拿着新蒸出笼的冒着热气的大白馒头蘸着吃，简直是无上美味。离开家乡多年，我一直想寻到那样正宗的吃法，无奈都不可得。好像到了异地他乡，水也不是那个水，油也不是那个油了，连馒头的味儿也不对，总之，差之毫厘失之千里。这也成了一件憾事。也许这就是所谓的水土不同吧。

瓜豆这种酱虽然在我们那个县城普遍都有制作，可是爸爸说县北的就比县南的好吃，县北的几个乡镇就数我们东漳镇的瓜豆最有名。在我们镇子里，我也吃过好多家的，有亲戚朋友逢年过节送的，有邻居为了比较各自手艺互相交换品尝的，但我觉得都没有妈妈做的好吃。别的都太普通了，有种味道没有透出来，感觉只是为了吃而做，没有匠心与美感。而妈妈做的有种艺术的精心与独特在里面，这就不同了，虽是寻常小菜，却有可登大雅之堂的精致。这或许是我的偏爱。

记得多年前，爸爸曾兴冲冲地给过妈妈一个制作秘方，说是好不容易从朋友处寻到的，人家一般不透露。配料抄在一张纸片上，我扫了一眼，大概是些什么八角、花椒、盐之类的，也无什么独特处。爸爸说关键在于用量的把握，比如一斤豆多少西瓜、多少盐，如果配的比例不合适，味道就全然不同。那年暑假，妈妈就照这个配方制作起她的瓜豆来。瓜豆，两大主料就是西瓜和黄豆，都要选上好的，瓜最好是沙土地里的沙瓤瓜，有大黑板瓜子的更佳。我和弟弟小时候常常抢吃瓜豆里的瓜子，若谁抢到了就像是中了奖一样高兴。豆要选上好的黄豆，颗粒饱满，干净，粒粒都像小金豆。

瓜豆是晒出来的，所以又叫晒瓜豆。每年的六七月间是晒瓜豆的最好季节，家家都会准备一两个大瓦盆备用。把刚下来的新鲜西瓜瓤揉碎，去除瓤，只要西瓜水，把制作好的黄豆倒进去，放上各种调料，再用白纱布蒙上扎起来，放在有阳光的地方就可以了。扎上白纱布是为了防蚊蝇等小虫子飞进去。这个过程中，黄豆的制作是最复杂的，需经过几道工序，先是浸泡一定时间，然后在锅里煮，煮熟捞出来控水后拌上面粉，摊在木板上晾。这个晾是不能见太阳的，要放在一个封闭闷热的空间，大概几天后，拌了面粉的豆子上会长一层发霉似的绿毛毛，叫"醭"，把长了醭的豆子再放在太阳下晒，并搓去上面的绿醭。这豆子的工序就算完成了。制作豆子过程复杂，也最累人耗人。我记得每年晒瓜豆，都把妈妈累得腰酸背痛，几大盆豆子一个人爬高下低端来倒去，却从未听妈妈喊过累，好像浑身总有使不完的劲。那大概也是一个家庭主妇最开心的时光，因为是在为全家人酿造幸福。

每年的夏季都是一个乡下家庭妇女最忙碌的时候，每天有忙不完的活，忙完地里忙家里。头天晒上的新瓜豆，每天早晨要记得用筷子搅一搅，那些早晨于小孩子来说总是很快乐的，可以跟着妈妈一起爬梯子登上高高的水泥平台。那个梯子是爸爸用木头钉的，踩上去晃晃悠悠，一梯一梯小心爬着，竟有一种冒险的刺激。在一天中最凉爽的时刻，看那鲜红的瓜豆颜色如何一天天变成酱红色，再渐渐变浓变稠。有时也需要往里再续一些西瓜水。每次续西瓜水，我都蹲在妈妈身边，望着西瓜，心里总有一种隐秘的渴望，希望西瓜不要用完，最好可以剩下一点点。妈妈看着我眼巴巴的样子，就会把西瓜皮剩得厚一点。吃这剩下的一点西瓜皮也是难忘的经历。

我家院子里种有一棵花椒树，初夏时节结了成串的青花椒，等瓜豆晒两三天时，妈妈就剪几枝用清水淘洗了丢进瓜豆里，青花椒的气味很强烈，沾在手上，有种说不出来的青涩冲鼻味道。等瓜豆经过一些时日晒成时，我就专门挑一小串花椒在嘴里嚼，又麻又香。

有时刚晒上两三天，天刚亮，听到妈妈上梯子的声音，我就赶紧从床上跳起来，跑出去冲台子上翻搅瓜豆的妈妈连声喊："晒好了吗，能不能吃？弄点我们吃吧！"妈妈冲下面喊："急什么，刚晒上，就等不及了，瓜瓤还是红的呢！"我失望极了，只能盼日子快点过去，盼那些瓜瓢早点变成酱色。哎，日子过得好慢啊！忽然有一日，吃早饭时，惊喜地看到饭桌上多了一样菜，啊！是新鲜的瓜豆，尝第一口的感觉是多么幸福啊，觉得整个早晨都变得无比美妙起来。看到我和爸爸弟弟三人吃得碗筷叮当响，妈妈又好气又好笑，白我们仨一眼说："就是你们等不及，这样下去，等晒好也吃光了，看你们以后吃啥。"我们仨面面相觑，然后大笑。

后来妈妈想了个办法，做一个家庭主妇还真得有点智慧，为了让这些瓜豆足够吃上一年，妈妈就使劲地放盐。妈妈给我们解释说放盐是为了怕变酸变坏。以后我们果真吃的省了，而且不用筷子夹，只用馒头在碗边上擦一圈儿，一圈圈下来，吃完时碗底都是白亮亮的，哪还用刷碗呀。

等村里人家的瓜豆差不多都晒成的日子，大嫂大婶们串门聊天的内容就围绕着瓜豆展开来，你的放什么调料，她的用了多少瓜多少豆，然后有好事的会亲自看看对方晒的成色，把扎的纱布解开，再用筷子蘸着尝尝，最后品评一番。关系好的邻居会在晒成的那一天互相给对方端一碗，分享自己的劳动成果与喜悦，那场景使小孩子也觉得欢喜。

我喜欢那些晒瓜豆的夏天，那时的妈妈还年轻，我在村里不远处的中学念书，日子长长久久。我觉得自己一辈子也不会离开这个地方。就像电影《菊次郎的夏天》那样，充满欢快的旋律。

后来父母搬到了县城，生活方便了，环境也好了许多。唯一使妈妈烦恼的是没有地方晒她的瓜豆了，她怀念她乡下的大院子，宽敞的水泥平台，别说一盆两盆，就是十盆瓜豆也放得下。可是县城的家呢，连放一个盆的地方也没有。后来，妈妈瞄上了客厅外面的空调机，觉得那实在是一小块宝地。爸爸怕压坏，犹豫着没同意，可经不住妈妈软磨硬泡，而且妈妈一再强调用个小点的盆，爸爸才同意。我们终于又吃上了妈妈做的瓜豆。

背井离乡的十几年里，每年回去，妈妈都会在我的行李箱里放上满满一大罐瓜豆。妈妈说，有了它就有了家的味道，外边的菜再香，不如家中的瓜豆酱。爸爸打趣道："家中有瓜豆，胜吃小酥肉。"十多年的异乡漂泊，正是因为有了妈妈做的瓜豆，我的心灵才没有陷入完全的孤单无助，平淡的日常才有了别样的滋味。看到它，就仿佛看到了妈妈的身影，有它在，异乡也有了家乡的亲切与温暖。一粥一饭总关情，妈妈的瓜豆，永远温馨的回忆。

风衣情怀

　　早就想给风衣写点什么了。谁让我是个风衣迷呢？风衣这个词，一开始让我想到的是诗句，因为它的飘逸、浪漫、洒脱、不拘。特别是它飘在夜晚的街角，或者在车窗里随风飘荡的一瞬，惊鸿一瞥间已远去，这场景仅想想就令人心动，有种陈奕迅歌里《好久不见》的感觉。我想给它写一首诗，可是酝酿了几天，最终不了了之。

　　风衣，是一个浪漫而怀旧的词，是一种永不过时的情怀，又带有漂泊天涯的异乡之感。我想，作家三毛就很适合风衣。秋天来了，你穿的不仅仅是一件风衣，而是一种文艺情怀。仿佛老电影里的镜头，许鞍华《半生缘》镜头里的曼桢，韩国电影《晚秋》里汤唯饰演的安娜。

　　每个女人的衣柜里都少不了一件风衣。甚至更多。所谓流水的时尚，铁打的风衣。我听过一个女子说，凡是风衣有的颜色，她几乎买全了。而我喜欢的是卡其色和米白，藏蓝黑色次之。

　　风，总能带给人诗意的浪漫想象。美国诗人罗伯特这样写道：贫穷而听着风声也是好的。杜鲁门·卡波特在他小说的最后一段写道：去想无关紧要的事，去想想风吧。乡土文学作家刘亮程在他的散文集《一个人的村庄》里写到了乡村的风，风中的院门，风可以改变一个人的一生……

把衣服赋予了风的特点，像风一样自由，像风一样无处不在，像风一样文艺，带给人无限想象的空间，不会过时，不显寒酸。它是不显山露水的，低调，安静，有雏菊一样的气息。如果说旗袍是妩媚妖娆、风情无限，风衣就是素朴文艺、清新无边。旗袍是带有魅惑力阅尽世事的风尘佳人，风衣则有邻家女孩的寻常、贴心、素雅。张曼玉刘嘉玲类型的就适合穿旗袍，人家汤唯穿上风衣就别有味道。

穿风衣适合行走于秋天的街头，或清冷的雨夜，落叶满地，丝巾在风中翻飞，踽踽独行，满目苍凉。

其实风衣的起源并没这么浪漫。它是第一次世界大战时西部战场的军用大衣，也称"战壕服"。难怪男人穿上风衣把领子立起来会显得那么酷。电影《魂断蓝桥》里的男主角罗伊就总是一袭卡其色风衣，他瘦高的个子，眼睛深沉，表情冷峻，显得神秘而迷人。

日本人爱穿款式简洁的米白色风衣，无论是高仓健式的酷男，或是温婉谦恭的女子，街头伫立或步履匆匆，总是一袭风衣的样子。《何时是读书天》里的女主角美奈子每天清晨骑车送牛奶时便身着一件乳白色风衣，那衣角飘在风里的感觉真美，仿佛是一种无声的语言。有坚持，忍耐，包容，爱。有一次，她在路上骑车的情景，被公交车里的槐多看到了。槐多是美奈子的初恋，他久久注视着远去的美奈子，那白色的风衣一直在风中飘着……

衣服也是一种语言、一种记忆，如张爱玲说的，它是"表达人生的一种袖珍戏剧"。

记得读书时，一个飘着细雨的夜晚，他送我回学校，我们穿过长长的街巷。他穿了一件藏蓝的风衣，领子竖起来，我转过脸看他，略微卷曲的头发，棱角分明的脸有一半藏在风衣领里，忽明忽暗的光线使他显得神秘，如天外来客。我想，我就是从那一刻爱上他的吧。

　　二十年前，在郑州的银基商贸城，他给我买过一件卡其色的风衣，一百八十元，有点类似雨衣的布料，穿上很精神，有一种不俗的气质。到学校里上课，学生一节课都盯着我的衣服看呢。每天去上班，踩着落叶，听着秋的沙沙声，那最美的恋爱时光呀。

　　似乎每件风衣都有属于它的故事。闺蜜谈恋爱时有过一件大红色的风衣，那天她穿着出现在我眼前时，我简直惊呆了。红色衬得她的肤色亮而白，她的脸本来圆而饱满，此时更如满月。分开多年，我仍记得这抹记忆中的红。

　　所以女人们啊，当秋天来临，你一定要有一件属于自己的，风衣。它会替你记得，这个季节的故事。

遥远的蝉声

晚上和妈妈在县城的街道上散步，发现一件奇怪的事，所有的树上都静悄悄的，没有一丝蝉鸣。忽然想起，白天也没听到，当时以为是白天过于嘈杂喧嚣，竟忽略了这种异常现象。等到夜晚整个世界进入一种安静状态时，才发现它们在人间蒸发了。

于我来说，没有蝉声的夏天不能称其为夏天，和它有关的物事也随之消失。它的消失是季节的另一种死亡，也是我童年时光的遗失。

夏季，应该是蝉的天地。记忆中的夏天，整个长长的白昼，满耳都是蝉声，它们的集体大合唱要盖过人声、车声，成为城市唯一的一丝野趣。它们躲在树荫深处，那叫声也是深绿色的，带着浓浓的乡野气息，唤起每个人遥远童年的一点记忆。清人张潮在《幽梦影》中写道：春听鸟声，夏听蝉声；秋听虫声，冬听雪声……方不虚生此耳。

可是今年，它们却集体消失了，仿佛世界上从来不存在这种小生灵。妈妈说可能是因为给这些树打了药的缘故，我低头看看脚下，全是平整光滑的马路，人行道也是严丝合缝的水泥砖地，哪有一点缝隙容它们生存？任凭它们是铜头铁臂，也再难从地下钻出来。

城市变得越来越干净、环保、美丽，所有的一切都带着人为的规划痕迹，甚至所有人的表情都带有过度的商业化。城市越来越热闹，各种车流人声，都汇成寂寞的沙漠。一切都变得抽象而模糊。我们与人类的童年渐行渐远。

前两天，老公还跟我提起，他说河南有个地方把蝉叫"爬拉猴"，他忆起在河南某个小城上班时吃过的油炸知了，说实在好吃。

蝉有很多种叫法，也叫金蝉、知了、爬叉，我们当地给它起了一个很玄的名字叫"神仙"。也许认为它在地底深处蛰伏三年，一定是有神的仙力的，又或许是它餐风饮露，有点羽化成仙的飘逸，难免引人遐想。想想就很有趣，我竟是吃"神仙"长大的。

想起小时候的夏天，天刚擦黑，我们就呼朋引伴地叫上一群大人小孩，手里拿着罐头瓶、瓷茶缸，还有拿洗脸盆的、举着手电筒，一路浩浩荡荡地向村北的黄河大堤进发。"神仙"在黄昏时已悄悄从地底钻出，等我们吃完饭时，它们已经爬过草丛，向树上悄悄爬去了。黄河大堤的坡上种了许多柳树、杨树，我们不费吹灰之力就从树上捉了好多。它们在瓶子里挤作一团，小爪子在瓶子壁上抓呀挠呀，干着急出不去。只听见瓶子里一片沙沙声，如蚕吃桑叶般。我们互相比赛看谁捉得多，时不时听见小伙伴的惊呼声，"啊！这里还有一个，已爬得老高了！"爬得更高的，我们只能眼睁睁地看它溜掉，第二天，它们就会蜕皮，长出一双翅膀，变为了蝉。那蜕掉的空壳就保持原样停在树干上。我们有时会取下来捉在手里玩，听大人说，它还是一种药材，有专门收购的人，据说卖的价还不低呢。后来读《本草纲目》，在虫部见到它，称为蝉蜕，性咸、甘、寒、无毒，治疗小儿夜哭等多种疾病。

夏季的深夜，我们满载而归，那些盆呀、瓶呀、钵呀，全装满了乌压压的"神仙"，走在露水深浓的草丛里，沐浴着碎银子般的月光，一路说着笑着，心里美滋滋的。童年的幸福就是这么简单。在半梦半醒的夜里，迷迷糊糊听到它们在盆子里爬动的沙沙声，那声音仿佛是遥远的地方落着细细的雨，那细细的雨丝也落进了少年的梦里。翻了个身，我心满意足地睡去。梦里的呓语，还记得吗？

我家的院子里有一棵种了多年的梧桐树，两人合抱般粗。都说梧桐树能引来金凤凰，巧得很，我母亲的名字就有一个"凤"字。当然，夏季，它还引来了许多蝉。那如云般的绿荫究竟招来了多少蝉呢，只听那一阵赛一阵的交响乐就可想而知了。那大概就是我最初的音乐启蒙吧，我在树下听过各式各样的"音乐演奏"，躺在树下的竹床上，看着故事书，清风徐来，乐在其中。蝉的乐声忽高忽低，那时不知有"蝉噪林逾静"的诗句，只觉得夏日漫漫，天好像永远也暗不下来。

写到此处，耳边又仿佛听见那交响乐般的鸣声，遥远却清晰，从时间深处传过来。而我已离乡多年。

以前读骆宾王的"西陆蝉声唱，南冠客思深"，柳永的"寒蝉凄切，对长亭晚，骤雨初歇"，会引发凄凉的乡思，如今，连这点慰藉亦没有了。

写给远方的妈妈

提笔，才恍然惊觉，这么多年为文，我竟没给妈妈写过一点什么。最珍重的东西往往不敢下笔，总怕写得浅了、俗了。我又不喜落入俗套，仿佛在诉辛酸史，苦难深重的样子。我要怀着欢喜之心来写，好像妈妈种下的那些石榴树开满繁花的样子，总在咧着嘴笑。妈妈的大半辈子是在笑中度过的，因她是个大度、包容、乐观的人，总能使身边的人有如沐春风的感觉。

早年认识妈妈的人，见了我都会说，"你跟你妈妈年轻时候一模一样"。还好，我终究活成了你的模样。即便如今我身在异乡，即便我们隔着几千里的距离，我也没有活成别人的女儿。

此时，让记忆的河流尽情地流淌吧，让旧时光穿越时间隧道，都到眼前心上来吧。

很多时候想起妈妈，记忆的一大部分是跟夏天联系在一起的。

中原的夏天，长满苔藓的潮湿安静的小院子，开满鲜艳花朵的石榴树，沉重的花朵使枝条不堪重负，垂下枝丫。一切都是静寂的。只有知了偶尔发出一声嘶鸣。而妈妈在忙活着洗衣服，一大盆又一大盆，那些衣服仿佛永远也洗不完，不一会，晾衣绳上就搭满了五颜六色的衣服、床单、被罩，它们随风荡啊荡，我就在里面钻来钻去，开心极了。妈妈的身影也是一道亮丽的风景线，那时的妈妈身材高挑，喜欢穿白色的确良衬衣，胸前编两个小辫子，模样温柔宁静，很像电影《我的父亲母亲》里章子怡扮演的"母亲"。

跑累了，我就躺在院里的大梧桐树下看故事书，日子悠长而宁静，安稳踏实，仿佛可以永远这样过下去。只要妈妈在，哪怕她是不停地忙碌着，哪怕她偶尔数落我的种种"劣迹"，我也觉着是一种莫名的幸福。

夏天的夜晚，妈妈用凤仙花给我染指甲，我们当地叫它桃红。把桃红的茎叶捣碎，配上白矾，涂在指甲上，用麻叶或梧桐叶包上，以线缚之，我们称之为"小猴拳"。至今仍记得，晚饭后，就着煤油灯，妈妈细心给我包指甲的情形，桃红的香味丝丝沁入心间。那种香，一辈子也忘不了。妈妈亦给我一针一线地缝书包，上面绣了好看的桃红花，有蝴蝶飞绕，我背着它，风一样地穿梭在校园里，时光烂漫，岁月静好。

夏季还是晒瓜豆酱的最佳时节。做瓜豆酱的工序相当麻烦，要经过选豆、煮豆、焐豆、筛豆，然后以新鲜的西瓜瓤搅拌均匀，放上适当的调料，经过近一个月的晾晒，才算完工。这不仅是一件体力活，还考验着一个家庭主妇的制作手艺。我也吃过好多亲戚邻居家的瓜豆酱，都没有妈妈做的好吃。每次制作瓜豆酱都把妈妈累得腰酸背痛。可是因为我们喜欢吃，妈妈年年都会做，至今我已吃了近四十年。身在异乡，每次吃着妈妈做的瓜豆酱，就觉得心里暖暖的，有爱不觉人生寒。

在那些最艰难贫困的岁月里，我也并未觉得人生怎样艰辛，不堪忍受，是妈妈用她的巧手与情怀为我们营造了一片温馨天地。

我考上大学的那年夏天，录取通知书下来后，每天晚上，妈妈等我们都睡了，就取出通知书在灯下看着、端详着、摩挲着，一遍遍。她没有念过一天书，只觉得这是无比隆重且荣耀的，或许这份巨大的喜悦只有夜晚可与之分享吧。

在外读书多年，及至工作仍离她远，嫁了人走得更远了。亲友感叹我离得远，替她难过，她自己却无悲意，总是说只要孩子过得好就行。

妈妈老了，不喜热闹。每次我回去，她只喜欢静静地陪在我身边，仿佛永远也看不厌我，我原本是她用心血生命培养的一朵花。我看书写作时她也在一旁静静翻书。其实她什么也看不懂，那些诗词哲学离她的生活好遥远，但因为是女儿喜欢的，她便也欢喜。

偶尔陪妈妈散步，听她絮絮地说着村里的事，哪家新添了孩子、谁家的孩子考上名牌大学、哪个老人去世了等，我们自然为之感叹唏嘘一番。因为妈妈，我与故乡那个遥远的村子仍有着千丝万缕的联系，为它的一人一事而悲喜。只因那里，有我和妈妈一起走过的日子。妈妈的大半生，虽饱经忧患与病痛的折磨，又与两个孩子多年分离，却并未有一丝抱怨与烦躁。她始终是平静悦和，乐观豁达的。

妈妈渐渐老去，我也人至中年。活着，活着，有时忽然对年岁没了感觉，我不知道我的下一年是多少岁，也不知道妈妈的下一年是多少岁，仿佛我们仍停留在原点，她还是穿着白色的确良的年轻妈妈，我还是小院中读唐诗"床前明月光"的孩童。

时至今日，我发现我比年少时更需要一个妈妈。曾经，我是那么想挣脱她的怀抱，像鸟儿一样，飞得远远的，现在，我只希望一觉醒来，她仍睡在我的身边，我们慢慢地聊着一些久远的话题，她的少年时光、我的童年……那些她讲了一百遍我也听不厌的故事。

有时我真的怕，怕妈妈有一天会离我而去，怕只留我一人的漫漫长夜，怕再没有人可以回应我的呼唤。有时梦中梦到妈妈去世，醒的时候还在哭着，不过总是庆幸，还好，不过是个梦。

还好，我的日子仍有一个老母亲在引领着，这样我就会活得无比从容自在踏实。此时，我在写，我知道你也在远方看着，妈妈。

东京梦华

　　冥冥中，总觉得那个地方和自己有着说不清的联系。记忆中父母常去那里，每次回来都会给我带一两件漂亮的裙子；那里有一两家远房亲戚，有个堂姥爷的书法在当地颇有名气，常听爸爸提起。对我来说，那是一个美丽遥远而神秘的所在，像是一个传说中的地方。海市蜃楼？梦中的桃花源？

　　其实我距它不过四十公里左右，但就是这四十公里，拉长延伸了我对它无穷的想象。

　　爸爸有个知青好友在那里，他们书信往来多年，小时候常在柜子里看到一摞厚厚的信件，信封上面写着我早已看熟记熟的地名。

　　那个地方就是开封。还记得小时候和同学玩的猜谜语游戏，其中一个就是：自相矛盾（打一地名），谜底就是"开封"，每次猜到都会特别高兴。猜了一次又一次，每次都像是第一次猜那么兴致盎然，也不知道为什么那么高兴，隐隐中就觉得它实在是一个有意思的地方，一个矛盾又可爱的地方。

　　关于开封，著名的文化学者余秋雨在他的《五城记》里是这样写的："省会在郑州，它不是。这是它的幸运，曾经沧海难为水，老态龙钟的旧国都，把忙忙颠颠的现代差事，洒脱地交付给邻居。"

虽然身为河南人，我对开封的历史文化人文却只知大概。来到外地后，更没有深入了解它的机会。如果不是这次和同事来开封旅游，它对我来说还真的只是个抽象的名字，或者说只是停留在少年的记忆里。最令开封为之自豪骄傲的文化坐标，当属"清明上河园"，这是每一个来开封旅游的人为之向往的景点。来开封，不逛逛清明上河园，就等于没来。

清明上河园，多年前也去过一两次，粗略游览，走马观花，印象都不太深。离乡日久，这淡淡的记忆也愈发模糊了。也曾在外地的各种手工十字绣里见识过它的秀美与细腻，绣的人只是照着那图画绣罢了，何曾知道世上真有这么一个地方；也曾在文字里与它劈面相逢，似曾相识，却只是雾里看花，不够真切。这次国庆旅游，清明上河园带给我的不仅是美好的视觉震撼，更有心灵的慰藉，以及对家乡厚重历史文化的一份自豪。

走进清明上河园，首先看到的是张择端石像，他手捧一轴画卷，不用说，肯定是他精心绘制留传千年的《清明上河图》了。他神色凝重，眼神深邃，郑重地捧着画轴，仿佛穿越千年时光而来。我们六个女子进了园子好像进了大观园，兴奋得左顾右盼，目不暇接。对于从甘肃远道而来的人，这里的一切都是新鲜的。

门口有免费出租汉服的摊位，我们每个人租了一套，穿的时候还挺麻烦的，裙子又肥又长，走路稍不留意就会踩到，上衣分不清哪个是内衣、哪件是外套，真佩服古人的耐心。大家穿上汉服，走在园子里，仿佛瞬间变成了从宋朝走出来的小丫头，脚步走路轻飘起来，腰肢也有了点风摆柳的意味，想着兰花指的姿势是怎样的。这汉服又使我想起东汉时的大才女蔡文姬，想象她一袭汉服抱着琴袅袅婷婷、仙气飘飘的样子，真有点神往了。现在大街上偶尔会看到身穿汉服的女子，在人群里显得有点突兀，引起众人注目。在清明上河园里却不会有这种感觉，它与周围的环境如此和谐，景因人而活起来，人因景而越发有古典气质。

那就先和张择端老先生合个影吧，感谢他为我们后人留下了这幅丹青，才能让我们有缘一睹当时北宋的繁华盛景。清明上河园就是按照这幅画以1：1的比例精心打造而成的。游园就如置身画中，徜徉在北宋的世俗风情中，如梦如幻。

园子里有各种杂耍，民俗绝活、市井秀、服饰表演、宫廷梦乐、舞剑，还有各种民间小吃，印象最深的是大宋切糕、武大郎炊饼，最令人忍俊不禁的是碰到了一个摆瓜摊的王婆，上书"王婆卖瓜"四大字，王婆用方巾蒙着脸，感觉有人看她就笑起来，这还是一个害羞的王婆。我买了一块切糕边走边吃，真好吃，宋朝的人真有福气啊，这皇帝还真会选地方，天子脚下，处处是吉祥气息。

园子里充满市井百姓的烟火气息，每个景点不是孤立的存在，它们完全构成了一幅幅寻常的生活场景，不隔，不疏离，完全是一个复原的活生生的北宋城。游客们穿梭在其中，不像是来旅游的，倒像是结伴在自己家门口逛街，买几块炊饼，荡几回秋千，随时能遇见两三熟人，然后结伴回家。这情景让我想起宋代孟元老笔下的"东京梦华"，"节物风流，人情和美"，"虽风雨亦有游人，略无虚日"。可见当时之盛况。

最醒目的当然是那座虹桥，《清明上河图》上它也是最重要的一笔。桥下的汴水水波清澈，桨声里日夜流着，千年的水声挟带着千年的故事，流过来流过去。有几个少女穿着古装从桥上缓缓走过，那姿势真美，简直是飘过来的，那一瞬，我竟看得有些痴了，白娘子和许仙相遇的画面大概就是这样的吧。在西北待久了，习惯了黄土高原的荒寒孤寂，这里的秀美温润热闹令我时时恍惚，以为是在梦中。总觉得一个转身，这眼前的一切就会消失。

与清明上河园一路之隔的是龙亭湖，也叫潘杨湖，里面种了许多荷花，荷花早已开败，只剩渐渐枯黄的荷叶，有着秋的风致。几艘船泊在岸边，酒旗招展，仿佛随时在等着属于它的客人。"南朝四百八十寺，多少楼台烟雨中。"我们都是过客罢了。人生如逆旅，我亦是行人。想起许多古人的诗句，几多感慨，也许这里也有自己的前世今生。

夕阳西下，走在汴京城的御街上，想起了刘禹锡的诗。"旧时王谢堂前燕，飞入寻常百姓家。"当年王公贵戚的庭院楼阁，早已成为寻常百姓家。曾经沧海难为水，这位早已不再显赫的贵族，眉眼间仍然器宇非凡，令人浮想联翩。

在一处文化长廊内看到词人柳永的《雨霖铃》，充当我们这次导游的段兄说，他都不敢读这首词，读了总是莫名心痛。对于我来说，离乡之痛，背井之殇，中年之悲，流离之苦，更使我不忍卒读。回去的那个晚上，我做了个梦，梦见自己在一个园子的回廊小径之间漫步，景色清幽，颇有古风。有梦也是好的。

念去去，千里烟波，我就带着这点念想重新踏上去往异乡的路。

心里的那轮"月亮"

又到了年三十，已经进入不惑之年的我从千里迢迢外的甘肃赶回来，风尘仆仆，就是为了能吃上一顿妈妈包的饺子。那热气腾腾的饺子，个个饱满浑圆，如元宝，赛月亮，寓意着吉祥与团圆。这饺子，曾多少次出现在我异乡的梦里？尽管妈妈告诉我她包的饺子像耳朵的样子，吃了它整个一冬就不会冻耳朵了。但我仍然固执地把它理解成月亮，一轮照进我心里的月亮。

这月亮，在妈妈身边时觉得它是圆的，可是在异乡的日子，又觉得它过于清瘦、过于凄凉，那弯弯的下弦月，惹起了多少离乡游子的愁绪？

这些年在外，好像不太爱吃饺子了，虽然饭店里张挂着各种名目、各种菜馅的饺子，但都无法引起我的食欲。想起妈妈包的饺子，它们就全都黯然失色。每次去饭店吃饭，宁愿点份别的饭菜，好像故意躲着它们似的。听到别人大声喊酸汤饺子，心里也只是一笑。而且我所在的地方是以面条、馒头为主食的，对饺子好像没那么热衷。

也曾试着自己做，第一次的经历就让我心灰意冷。我以为全天下的面粉都像我们家里的，又柔又有韧性呢，我试着揉了一个面团，总觉得那面粉不对劲，松软、疲沓，一副不配合的样子。好不容易揉到一起，擀皮时怎么也擀不成，一个劲儿粘在面杖上，我左撕右拽，好不容易擀好面皮，一会儿边缘就干裂了，根本没法用，好像跟我专门作对。面对着这软硬不吃的面疙瘩，我无计可施。当时一肚子气，直想掉眼泪，真后悔为什么来这鬼地方。向当地人打听，才知道，当地的面粉因为生长期短，缺少韧性，需要加盐才能用。而且因为这里气候干燥，必须及时把面团用笼布或保鲜膜盖上，保持一定的湿润度。

后来我干脆从超市买了专门包饺子的面粉，现在蔬菜超市里甚至有现成的饺子皮出售。倒是省时省力，但包出来的饺子却少了手工的那份香味和温度，和妈妈包的饺子更是没法比。随着离乡日久，吃饺子渐渐成了一种奢侈，它成了记忆里的一种美味，只有在节日才会想起的。想起，也只有怅然。

妈妈手巧，干活麻利，包饺子的速度也是惊人，一转眼的工夫，厨房的大小桌案上就摆满了弯弯的"小月亮"，排列得整齐又美观。小时候总觉得妈妈是神奇的魔术师，无论怎样艰苦的年月，都能在眨眼的工夫给我们变出美味佳肴。

记得小时候，大年初一的早上，妈妈煮了第一锅饺子，把一排碗挨个盛满，我和弟弟就开始忙活着，东家奶奶端一碗，西家姥姥端一碗。小村的清晨笼罩着浓浓的过年气氛，年三十晚上的鞭炮屑还未扫去，红红地铺了一地，一路小跑着踏过去，听着脚下发出的细碎声，心里是满满的喜悦。长长的街道，小旋风似的我把饺子一碗碗递到老人手中，她们中有的是孤身一人，有的是没跟孩子一起生活，一碗热腾腾的饺子给她们也带来了一丝年的气氛。那个清晨，我收获了老人们的笑容、夸奖，也收获了幸福。我小小的心里获得了某种极大的满足。那大概就是人生的意义吧。

父母一生为人心善，逢年过节总想起左邻右舍的老人，即便是一碗小小的饺子，也能抚慰老人孤独的心。当老人接过饺子的那一瞬，我看到他们眼里闪烁着欣慰幸福的光芒，当然那眼睛里也流露出另外一种不易察觉的情感，失落？期盼？也许，她也想起远方自己的孩子了吧。

每逢过年，我想的不是大鱼大肉这些别人眼中的佳肴，而是妈妈包的饺子。妈妈往往从腊月二十五六就开始准备饺子馅，饺子馅由白菜、大葱、姜、鲜肉组成，每种食材都要剁成末，所以包饺子的过程也是一项体力活，既琐碎又费力。尽管现在有搅拌机，省时省力又方便，妈妈还是喜欢手工剁，站累了就找椅子坐下，刀刃和案板碰撞发出"笃笃笃"的声音，不觉一下午时间就过去了。我喜欢听那"笃笃笃"的声音，那声音里有日子的绵长、温馨，至今那声音还响在耳边，穿过岁月之河，抵达我中年的梦境。

只要年年能吃到妈妈的饺子，我就是一个幸福的人。我们总喜欢追问人生的意义、幸福的定义，其实人生与幸福都很简单，就是在拥有时懂得去珍惜，为了你所爱的人好好地活着。

河的记忆

一

　　人世间，最悲伤的事，就是很多记忆，没有人可以给你作证。一个人的心里，盛满了记忆，像花园里姹紫嫣红的花，那缤纷的颜色，只有自己看得到。

　　所以，我有强烈的倾诉欲望。有人说，有倾诉欲的人，该去当老师。老师的瘾，我早已过足。现在，我倒觉得，如果有倾诉欲，应该去当作家。

　　十三岁之前，我常常远望着一条大河沉思。每个人的生命里，都会有一段关于河的记忆。我不知道这条河的来历，它从何而来，到何处去。它有多长、多宽，我全不知。可它经过我的童年、少年，把滔滔水声留在我的生命里。我的身体里，至今，还回响着那水声。

　　一条河，承载着一个人的记忆，更见证着一个地方的兴衰荣辱。它是一本无言的词典。

这条河的名字，叫黄河。说起黄河，我就想起读书时，老师给我们排练《黄河大合唱》的情景，"风在吼，马在叫，黄河在咆哮。"不，我接触到的黄河不是这样的。它温柔、安静，很少咆哮。

我们的庄稼长在"黄河滩"里，之所以叫黄河滩，是因为这些庄稼的灌溉都是靠黄河水。我家在滩里种了几亩西瓜，每年暑假，我都要像个老农一样去看瓜。瓜田北边约莫一二里地就是这条河的栖身之地。

我从未到河跟前去过。我只是远远地站着，向它眺望。只见一片白茫茫的水汽，"野旷天低树"，看得见远处的树林，河对岸影影绰绰的村庄。平原的好处，就是你可以一直望到很远，目之所及，一览无余。山区的同事到过我们那里的，回来给我形容，那表情是惊讶而夸张的，不相信有那么平的地方，平得使他们失去了方向感，没有参照物的一望无垠，令他们心怀恐惧——是不知道该往哪里走的茫然。同时这平坦与开阔，又使他们产生了另一种遐想，那就是思想的自由，精神可以像鸟儿，想怎么飞就怎么飞。

站在四野无人的旷野里，可以看到落日慢慢融进河里，看见天地相接处的苍茫，天似穹庐，笼盖四野。可以听见远处村庄的鸡鸣狗吠。我总在想象，河那边的情景，那里居住着什么样的人，是一个远离人世的仙境吗？还是陶渊明笔下的世外桃源？

大人告诉我，对面就是河北。河南、河北，原来就是隔着这样一条河呀。而我，就站在这个分界点上。我和一条河，在苍茫天宇下，成了两地的坐标。这样想着，我甚至有了一丝庄严感。

炎炎盛夏，黄河滩里看不到一个人影。我站在一望无际的绿色波浪里，风从我的衣衫里穿过，天空蓝得像一块水晶。色彩鲜明，空气清新，大地辽阔，整个天宇之间，仿佛只剩我一人。我想，那条河，就是我唯一的伙伴了。它默默地流淌，发出轻微的喘息。

它在我年幼的心里，唤起从未有过的、去追溯洪荒历史的渴望。它从哪里来，有怎样动人曲折的历史，又有怎样缠绵悱恻的故事。与它的相遇，是某种冥冥中的召唤吗？那条河，对我来说，带着几分神秘与蛊惑的气息。

有天晚上，我睡在瓜棚里。爸爸找另一个看瓜老人侃大江东去了。我似睡非睡，看见一个洁白如玉的小兔在我的枕边跳舞。我伸手去抓，却不见了。我吓了身冷汗，放声大哭。哭声响彻在寂静的黄河滩里，在夜色中传得很远。爸爸和那老人闻声赶来，他们在瓜棚四周转着看了看，什么也没有，说我可能是做梦了。他们就坐在瓜棚边聊天，听着他们讲的故事，我渐渐睡着了。

第二天一早，爸爸因为要去县上开作协会，早早走了。我起来后，整个头脑像灌了铅和浆糊，昏沉沉的，迷迷糊糊。我顺着平时走惯的小路往家走，可是走了一会儿就发现不对，路边虽然也是庄稼，但总觉得有点陌生。我走了几年的路，为什么和平时不一样了呢。正在此时，远处豆稞地里一个老人冲我大声喊着，"小姑娘，你要去哪里？"我有些无助近似于哭腔地喊："我要回家！"老人说："你走反了，前面不远就是黄河边上了，你赶紧往回走吧，别再往前走了！再往前走就没有人了，会把你吓着的！"

我突然一阵恐惧。我竟然直奔黄河来了！我想起昨晚见到的那个小白兔，莫非和它有关？我走了几年的路，竟然会迷路。难道是那兔子给我灌了迷魂药？来不及多想，我转身就飞奔起来。无边的旷野里，一个孩子，疯狂地跑着，跑着。真像电影里的快镜头。

事后，我也曾多次回想，那个老人出现得莫名其妙。我以前从未见过他。他像是突然冒出来的，大清早，一个老人，他隔着那么远，看到了我，并且叫住了我。若不是他及时提醒，我跑到黄河边，面对水浪滔天的情景，还不吓死。

那个小白兔，它来自那条河吗？它把我指向一条河干嘛？我与这条河，究竟有着怎样神秘的渊源？

这件事，一直是我少年时的一个疑问与秘密。

夏季，连着下几天暴雨，河就发怒了。一下子漫过所有的庄稼，直逼我们的村庄。在庄稼和村子之间，村民筑起了一道高高的堤坝，抵挡黄河水的泛滥。我家就几乎是挨着堤坝的，一旦河水决堤，我家是首当其冲。夏季的夜晚，暴雨连绵，村上的大喇叭传出急促的呼喊，召集全体青壮年村民赶快到堤坝上去，防洪抗汛。

我躺在潮湿的竹席上，心里很惊恐，我似乎能听见水拍打堤坝的声音。可是，我一点儿也不讨厌它。我喜欢听着那水声入眠。我甚至想，如果洪水漫过来，我就抱着一只马车轮胎游走。那就是我的诺亚方舟。

雨停了。水也好像没了力量，慢慢地向后一点一点地退。洪水退去后的大地上，一片狼藉，西瓜、花生、黄豆，全都被水冲走了。

这条河，养育了我们，也给我们带来过无数的灾难。后来，我在家里看到一本名为《黄河东流去》的小说，作者是李准。爸爸夸作者写得好，还给我讲作者的生平故事，语气中很是敬重。后来，这本书被拍成电视剧，那场面，真是触目惊心。

原来，这条河早已被写进了书里。那时，我还不知，它早已在唐诗中、在李白的笔下散发着厚重夺目的光芒。

多年后，我遇见他。他说，他的家乡有三宝：一条河、一碗面、一本书。我说，一条河是什么河？他说，黄河。

忽然有一种失落感，好像自己的宝贝被人夺去了。明明是我的河，怎么成了他的宝？可是，又莫名觉得这眼前人分外亲切。那条河，原来，是从他那里流过，千里迢迢，才来到我身边的。原来，我每日眺望的河流，他也曾眺望过。

多年前的那个早上，我为什么义无反顾地奔向它？相隔几千里，一条河早就为我们结下了剪不断的缘分。

那首词可以这样改写：君住黄河头，我住黄河尾。日日思君不见君，共饮黄河水。

原来，我的一生，都是在走向那条河，走向他。

二

昨天晚上，靠着床坐了很久，有倦意但无法入睡，想写点什么，有些东西在胸中堵着，像河中小小的浪花翻卷着。可是终究一个字也没写。垂头丧气。寻好梦，梦也难成。

昨天在路上，爸爸断断续续说起一些关于这条河流的事情，它的名字、来历，说我们的稻田曾经就在河边，小时候这里曾是我的乐园。

我十几岁时每年都在这里插秧，那绿泱泱的稻苗从我的手里到水里，再稳稳站在泥土里，一排排的，那么整齐，似乎整个初夏都是在水里度过的。手上、衣服上有经久不散的稻禾气息。可是我如今都不记得了，不记得它的准确位置、它的宽度，以及周围的风景，这一切和多年前的记忆有误差。除了名字没有变，空间上的位置没有变，其他的都全然陌生，恍若隔世。

寻思着，这条河莫非是宋词里的汴水？

爸爸说这条河已有几百年的历史，宋朝时行船做运粮之用，经此把粮食运到宋朝都城汴京，也就是现在的开封。这里距汴京不过几十里，想当年，又是何等繁华。

想起那首《长相思》：汴水流，泗水流，流到瓜洲古渡头。吴山点点愁。

汴水和泗水都在汴梁附近，最终流到扬州。小小一条河竟然有这么久远的历史，在古时发挥过重要的作用。不知那个浪漫多情的柳永曾于此折柳送别否？我简直像一个考古者。一条河自有它的命运，它可不管人们赋予它的种种离合悲欢，只是自顾自地日夜流着。逝者如斯夫，不舍昼夜！

爸爸还说起我们共同熟悉的一个人。他就是在不远处跳下去的。那么好的一个人。河流带走了些什么，又留下些什么，有多少难言的故事都被时间掩埋。我似乎已经走到那"不远处"，他的面容又在眼前浮现，可是回答我的唯有流水声。

遇见几个钓鱼的人。对面相逢不相识。我似乎是这寂静世界里的入侵者。他们自有他们的日子，如这绵绵无尽的流水，我也自有我的路要走。你选择了走什么样的路，咬牙也要走完。

常常在梦里梦见一条河，水草丰茂，落英缤纷，沿着它走了很久，似误入桃花源的渔夫……醒来，不知何世。

祖　母

读完作家乔叶的小说《最慢的是活着》，我心里有一股难以抑制的情感波浪，刚开始还是小小的浪花，渐渐变成巨大的浪涛，它们一阵阵向我袭来，将我淹没。

她笔下的主角是奶奶这个人物，虽然是以小说的文体来写，但其实这个"奶奶"的原型就是作者的奶奶。连作者自己也承认，这是非常切近祖母私人生活经验的一次创作。

我也很想写我的奶奶。尽管我把这个称呼更多地用来称呼了别人。从我写作以来，我的笔下很少出现这个称呼，我也几乎没有写过以奶奶为题材的文章。别人写奶奶是回忆、追念、缅怀，是曾经有过又失去的伤痛，而我能写什么呢？我既不曾拥有，更谈不上失去。所以这个古人创造的对祖辈的称呼于我来说只是一个抽象的名词，它可以代指一切老年的女性，对我来说没什么情感上的区别。

如果我硬要写，也只能写不曾拥有的遗憾。

奶奶，是个家常的、带有暖意的称呼，让人觉得温暖而亲近；而祖母这个词却有一种距离感，带给人一种怀旧的气息，仿佛家里那件有年头的老樟木箱子，有着遥远而文艺般的伤感。对于我来说，或许用祖母这个称呼更合适。因为距离，因为我从不曾见过她。我们没有过任何一丝的交集。但是，我知道，她的血液和某部分看不见的东西仍在我的身体里流淌、延续。

每年清明或春节，只要我在老家，必定会去给爷爷奶奶上坟。上坟也仅仅成了一种礼节性的仪式，一串鞭炮，一瓶酒，一叠烧纸，磕几个头，就算结束了。也没有多深的感慨，只是心里告诉自己，我的亲人就埋在这里。有时我也想对着那堆不起眼的坟头轻轻叫声"奶奶"，但那个词只是在我心里动了一下，却没喊出来。这反而没有我喊陌生人的亲热。

我不知道自己和她是不是有些相像，我们说话的声调、表情、脸上的某个细微之处，会不会有些相像？我们在处理事情，看待问题的时候，会不会有一致的地方？应该是有的吧，比如性情里的善良、乐观、坚韧。

遗传的密码是如此复杂，难以说得清。我们活在祖辈的根里，祖辈的精神又在我们的身体里显现，一代又一代。

祖母的人生经历，我知道的太少太少，而且当我一一忆起时，它们又显得笼统而模糊。因为都是断续听来的，它们并不完整，缺少细节，不连贯，就好像一部电影的花絮。只知道她的一生很苦，在爸爸的笔下，她永远是那么一个愁苦的形象，吃不饱，穿不暖，年纪轻轻就失去丈夫，守寡大半辈子，独自带着一双儿女孤苦度日。

家里没有一张她的照片，那时穷，照相对于一个贫困家庭来说是想都不敢想的。我问起她的相貌，爸爸给我形容，说是长得像《红楼梦》里刘姥姥的扮相，嘴稍大，皮肤微黑，个子不高，很能吃苦，为人和善，脸上总带着笑。每次看电视剧《红楼梦》，看到刘姥姥出场，心里都会有一种异样的情感。

有时，走在街上，看到擦肩而过的老婆婆，她们走路的姿势、花白的头发、微驼的背影，都会使我蓦地想起祖母来。如果祖母还在世，就是这个样子吧？

印象中家里曾有一个纺花车，已经旧得快要散架了。爸爸说，这就是祖母经常用来纺棉花的。纺花车纺棉花时的声音很特别，不是像《木兰诗》中的"唧唧复唧唧"，而是一种悠长的"嗡嗡"声，爸爸便是在这"嗡嗡"声中读书学习的。虽然这声音是爸爸给我描述的，我却好像时时能听见那声音一般，特别是在静寂的夜晚，我读书时，它仿佛就在耳边回响。

祖母四十岁出头时，祖父就去世了。年纪轻轻就守寡，一守就是一生。漫漫长夜，她就是在不断转动的纺车声里度过的，一声声，流逝的是一个女人的青春岁月。唯有那辆纺车伴着她，一天又一天，一年又一年，当然，还有她的一双儿女，有苗不愁长，那就是她全部的人生希望。

她不会知道，她的一生和不幸会被她的儿子反复书写、铭记，她以这样一种方式活在后代亲人的心里。如果爸爸老了，拿不动笔了，我也会接着写，我要让她，活在我的文字里。尽管我知道，我永远写不出一个最真实、最丰满的她，我的笔是如此粗浅狭隘，而她，她的内心曾有过的辽阔、深远、丰富，又怎能一一写尽？

在她活着时，受尽一切生活的冷眼无情、命运的残酷，她只知自己是最最渺小平凡的，却不知风霜与岁月沧桑造就了她的另一种伟大与深邃。她并不自知啊！

爸爸最常说的一句话就是，"如果你奶奶还活着，该多好"。其实我想，祖母一直都在，真的，她从未离开过我们。

当我行走于故乡的大地，田野、河流、草木、庄稼，我觉得她离我很近，很近……

在薄情的世界里深情地活着

我是个早熟的人。成熟过早,也并非什么好事。它让我提前品尝了孤独的滋味。然后,漫长的一生,我都在与孤独为伍。在孤独这片海里,挣扎、沉浮、哭泣、欢笑。

我五岁上小学。像村上春树笔下的那些主人公一样,我孤独、敏感,独来独往,无亲朋、无故交、无姐妹,背景稀疏,人际关系单薄。这种感觉自上小学后,愈发明显。别人有堂兄妹,本家姊妹,远房表姐妹,唯独我没有。别人有同姓氏的同学,唯独我没有。老师偶尔在课堂上讲雷锋的故事,惹的同学们总看我,那眼光似乎在说:"哦,原来你们是一家呀。"每每这时,我便既激动又尴尬,既心惊肉跳又莫名其妙。我不明白,为什么世界之大,为何只有一个雷锋与我同姓,而且又是书上的人物,太遥远,太不真实了。

我曾为此深深苦恼。它成为我少年时期的一个心理阴影。后来,我知道,我们家是从另一个遥远的地方迁到这个村子的,所以全村只有我们一家姓雷的。爸爸常说起那个地方,说那个村子的人都姓雷。每次想到这个地方,我就觉得兴奋无比。想起它,孤独也好像远离了。我甚至想着,有一天,我长大了,要去那个地方生活。那个地方叫洛阳孟津。孟津，冥冥中，成了我精神上的归宿。

因为太缥缈了，我有时怀疑，那个地方，一定是在某个外星球，而我们注定要在地球上孤单地活着。

每天下午放学后，我会在学校里待很久，一个人落寞地踢着沙包，直到暮色落满校园。年少的心里呀，盛满了孤寂。那么深，那么浓的惆怅。直到妈妈唤我的声音划破夜色，我才知道，原来我也是有人惦记、有人爱的。我知道，即便全世界的人都不喜欢我，至少我还有父母。因此，我特别珍惜每一个走进我生命中的人。

邻家新搬来一户人家，父母都是工人，他们家的孩子既漂亮又懂事。我和他们的小女儿最玩得来。我们的玩，和别的孩子不一样，我们之间有一种叫静默的东西。她是个很静的孩子。我喜欢和她在一起，哪怕什么都不说，哪怕只是看着夕阳微笑。当时不自知，其实一点一滴里，全是诗，是哲学。

有一次，她去外村的奶奶家，我竟步行几十里去找她。我不能一天见不到她。我穿过村外的小树林、穿过小河、田野……走到的时候，天都黑了。她很感动。夜晚，我们并排躺在院子里的竹床上，她说："我们要做一辈子的好朋友，我们要好一辈子。"我们握着彼此的手，感知着这份小小的温暖，仿佛是一生一世似的。那一刻，我的眼泪流了下来。因为寂寞，对世间情意有一种固执的渴望。

然而，像所有小说中的老套情节一样，两年后，随着她爸爸工作的调动，她也转学了。幼小的我们信誓旦旦，她说："我会给你写信的，我会回来看你的。"我说："我不会忘记你的。"

后来，我们通过几封信，她回来走亲戚时也专门来找我。那时，她变得有些忧郁了，我们试图找些话来说，但时间与距离使我们再也找不回曾经的默契了。再后来，就断了音讯，那一点点的美好也被生活的浪花卷得无影无踪了。前几天，看贾樟柯的《山河故人》，听到女主人公说"这世上，每个人都只能陪你走一段路，人总是要分开的"，那时，我的眼泪就哗哗地落了下来。

以后，与我相处最多的就是羊群了。从八岁起，每到星期天或者假期，我就赶着一群羊，到野外去吃草。羊群从刚开始的两只，到后来的十来只，三十多只，整整五年，我的大部分时光是和羊群待在一起。我唯一的喜好便是与羊群一起到树林里撒欢。我像个野孩子，出没在树林里，饿了就去偷两块红薯烤熟了吃。每次吃完，嘴上便留了一圈黑渍，像长了胡子。

树林里到处是乱坟，盛夏的午后，知了在枝头绿荫里嘶鸣示威，林间越发幽静。羊群悠闲地在远处或躺或睡，或静静反刍，我趴在地上要么观察蚂蚁的行踪，要么欣赏一只甲壳虫笨拙的表演，要么研究一棵植物。我知道，我没有玩伴，没有姐妹，连远房的都没有。我有的只是这些孤独中的小乐趣、小发现和小小的快乐。有时，和小动物、大自然在一起的乐趣，要胜过和人在一起。因为人有面具，人与人会有伤害，而动物和自然是本真的一种可爱。

那时，也不知从哪儿弄来了几本金庸的武侠小说，每次我把羊群赶进树林，就坐在乱坟堆旁开始看书。那时，我真感谢世上有金庸这个人，感谢有书这个东西。它为我开启了生活的另一扇门，无形中给予了我对抗孤独的力量。那时的我不曾想到，以后的漫漫人生，我将与文字为伴。它是领我开启精神之门的钥匙。

放羊的日子，也有不太平的时候。生活的生存法则就是弱肉强食。我的悠闲自得惹怒了几个大一点的女孩子。她们都是些过早辍学的孩子，不喜欢上学，调皮捣蛋一流，每天的任务就是放羊。我的独来独往在她们眼里颇有些清高的意味，好像不把她们放在眼里。其实，那时的我也确实不想臣服于任何大孩子，即便她有大拳头，我也不怕。我从心底瞧不起那些不上学的孩子。我知道，我们都放着羊，可是我心里想的和她们不一样。我知道看天空，欣赏云朵和夕阳的美，她们知道什么，除了玩，就是吃，净长个子，不长智慧。

　　她们偷偷观察了我几天，终于向我发出了挑衅。她们抢走了我的衬衣，用竹竿挑着，在树林里声嘶力竭地喊着："故衣，谁来买故衣？"接着是一阵得意的狂笑。那笑声盘旋在树林上空，像电视剧里的慢镜头，一点一点拉长，然后如疾雨般砸向我的全身。痛，痛，痛，在一个敏感少女的心里，蔓延成一生的伤痕。

　　我问一个大点的孩子，故衣是什么意思。他说，就是死人的衣服。那一瞬，羞耻、侮辱、痛苦，铺天盖地地压来。我绝望又无奈地听着，感觉时间好慢，第一次发现生活原来是这么残酷。日影西斜时，她们终于喊累了，把那件粉红衬衣挂在坟旁一株小树的最高处便扬长而去。粉红衬衣飘在黄昏的树林里，像一朵晚霞，有几分凄艳。

　　这中间，我一直没说一句话，我只是静静地看书，偶尔看看我的羊。我有超强的隐忍能力，我知道，任何一场灾难都有结束的时候。多少年后，当中年的我站在一个城市的瓢泼大雨里，雨水没过脚踝，没有伞、没有灯光、没有一只可以依靠的手臂，我又想到少年的那一幕。是的，任何一场灾难都会有结束的时候。

那几个女孩又怂恿两个放羊的男青年欺负我。男青年抽着一根烟，对我说："你也抽一下，不然别想回家。"眼看天色已晚，无奈，我接过抽了一口，呛得我流出了泪。他们问："什么味道？"我说："苦、辣。"他们嬉笑着放过了我。从那时起，我知道，苦辣，是生命的滋味。逃不掉的。

　　我至今不明白，我从没招惹她们，她们为何如此嫉恨我？难道沉默也是一种强大，这种力量令她们不安？人类的生存规则本就如此么？

　　再后来，又有一个女孩与我过从甚密。她也是苦命人。我结交的人大多是苦命人，就像耶茨说的，他只欣赏失败者。同类者，是能闻得见彼此的气息的。我和她一起上下学，一起在夜晚牵手回家，一起睡。有一天晚上，我们在学校因看电影回家迟了，在路上被两个小混混拦住，她怒吼一声，竟吓退了两个人。估计是刚出道不久的。我们两个人一路狂奔。直到进了家门，还是惊魂未定。

　　后来，她因一段感情自杀身亡。我再次成了孤独一人。

　　直到上了初中，我才结束了放牧生活，也摆脱了那几个女孩子的欺负。初中，我住校，很少回家。我有了两个好朋友。她们和我一样，有着孤独的童年、早熟的人生、敏感的心灵。幸运的是，她们也喜欢文学。

　　几年后，我以全县第一名的成绩考上师范五年制大专班。那些日子，全乡人都知道了有我这样一个女孩子。走在街上，他们会指着我说，这就是那个女孩子。我第一次为自己的姓氏感到骄傲。虽然我还是一个人，但我内心却充满了骄傲。经历了许许多多，我的内心早已长满仙人掌，变得坚硬无比，它可以抵御一切不幸与孤独。

　　在街上，偶然遇见那些放羊的女孩，她们早已嫁为人妇，成为人母。生活打在她们身上的烙印清晰可见。她们冲我愧疚地笑，热情地和我打招呼，那一刻，我的心里很平静。我想起《圣经》里的句子：凡事包容，凡事相信，凡事盼望，凡事忍耐。爱是永不止息。

　　生命告诉我——人，生而孤独。小半生的光阴，我一直在静静地享受这份生活赐予我的孤独。没有孤独，我不会是现在的我；没有孤独，我看不到人生境界的大美。在这薄情的世界里，我将深情地活着。

小碎花之恋

　　是个有小碎花情结的人，裙子、手提袋、笔记本、手绘花谱、书签等，几乎都是小碎花图案。买书，同一本的不同版本，我也总会选择有碎花图案的。

　　出版第一本书时，美编设计了几个封面让我选择，有一束粉红小花图案的让我眼前一亮，就是它了！只为它的赏心悦目，也许仅仅是因了它的小，它的低调、不张扬。"寸心原不大，容得许多香。"小，自有小的妙处与境界。

　　碎花，给人田园牧歌般的静美。妈妈是喜欢花的女子，小时候，给我缝的书包，全是碎花图案，有雏菊、茉莉、玫瑰、蔷薇；穿的裙子，大多也是小碎花的。背着碎花绵布做的书包，穿着碎花绵绸裙子，扎着麻花辫，在家与校园之间两点一线地穿梭，仿佛总是夏天。我的童年少年时光，好像没有别的季节，我也觉得好奇怪，难道所有的美好都隐藏在那些小碎花里？那些小确幸，小伤感、碎碎念似的，缠绕我的一生。

　　碎花衣服是很挑人的，适合眉清目秀、清瘦骨感、"只剩一缕诗魂"的女子穿，有韩剧女主角的味道。我不属于清瘦之列，虽天生喜欢，但穿不出来那种雅致，只能在村姑气息里自我陶醉。安妮宝贝在《八月未央》里，写她试穿一条多层次的碎花蕾丝裙，我心里想，"我可能永远都不会穿上它吧"。碎花的清纯与挑剔，大约是很多女孩子心里的一个田园梦。

初夏刚至，中原小城的裁衣店里就飘满了碎花的绵绸布料，随便走进一家，都像走进了一个缤纷的小花园。这种布料基本都是小碎花，价格便宜，穿上不沾身，吸汗，是一种会呼吸的布料。特别适合炎热地区。坐在布店里的女人，守着中原漫长的夏日，仿佛是坐在一片花园里。有段时间，羡慕过裁缝这种职业，有创造美的快乐与自由。每个中原女子，都会有几件这样的衣服，在家当睡袍，出去又是裙子，一件多用。在凉爽的夜里穿出去，空气中也仿佛飘满了花香，真有锦衣夜行的快乐。那碎碎的点缀，仿佛是一点怯怯的温柔，惹人爱怜。

满街跑的小女孩，身上穿的多是这种绵绸裙子。我喜欢逛这种小店，有时只是为了欣赏，像欣赏一幅幅画。时间久了，和店主成了朋友。每年回去度假，我都提前告诉她，有好看的布料给我留着。而我每次回去，夏天都已接近尾声，遇上连阴雨天气，难得穿几次。叠进衣柜，看着小碎花挤挤挨挨，静静地躺在那儿，还是会有一丝怅然。这大概是我不喜欢"宏大"和"壮美"的原因，比如牡丹、芍药，它们的烦琐、臃肿，只会让我觉得庸俗，像脂粉气十足的胖女人，妖冶、妩媚，却不会令人产生怜惜之意；而小碎花，却给人一种简单、明净，像毫无心机的小女子，不设防，不争高低，不论贵贱，自有一种"花开花落两由之""无人亦自芳"的坦然和率真。

有一次，在书店里，看到凡·高的一本画册《凡·高的花园》，全是花，各种颜色，色彩浓烈，鲜明夺目。呆看了很久，沉溺进去，好像置身花园中。后悔当初怎么没学绘画呢，错过这么多芬芳的美丽。有人说我看起来不好接触，有些高冷，却不知我内心有如此温暖璀璨的一面。

最爱画花的是莫奈。爱到什么程度呢？他给自己盖了个花园，分为陆园和水园。他在给朋友的信中说："我在寻找，想做以前没做过的事情，向最大的神秘挑战，建一座水花园。"他还在上面搭建了一座日本式的拱形桥，把上千种花卉撒在花园里，以一个画家的眼光来设计、布局，简直就是一场视觉盛宴。

有一段时间，我买了许多关于植物的书，《本草纲目》《植物图鉴》《诗经中的植物》等，还买过一本铅笔手绘画本，只是为了认识那些漂亮的小花，什么季节开、有哪些颜色、花语是什么……那些花花草草，一枝一叶，从久远的年代走来，小家碧玉般，温婉娴静。

喜欢小碎花的素雅、低调、内敛，有日常的温暖气息，亦如心里兀自开落的悲悲喜喜。想起席慕蓉一首写《茉莉》的诗：

茉莉好像

没有什么季节

在日里在夜里

时时开着小朵的

清香的蓓蕾

想你

好像也没有什么分别

在日里在夜里

在每一个

恍惚的刹那

最是一年春好处

　　早上一睁眼，看到朋友圈里老家的朋友发了一张柳树的美图。那柳树真好看啊，鹅黄色的新绿，毛茸茸的细枝，密密斜斜地在风里舞着，像一个女子柔柔的长发，不小心被风吹乱了，贴在脸上，痒酥酥的，怎么拂也拂不去。又像老树画的画。我既惊喜又有点难过，我走时它怎么也不绿，我才离家几天，它就绿成这样了，分明是惹我这游子的愁绪嘛。

　　想起今年春节去姑姑家拜年，午饭就有一盘清拌柳芽。当时柳树还没发芽，应该是旧年的吧，乡下人常在应季摘了柳芽、槐花、榆钱之类的，冷冻到冰箱里，过一年半载取出来吃，还是鲜嫩如初。在冬月里，吃到新鲜的野蔬，总有一种春已至的喜悦。特别是对我这常年在外的人，更有一种别样的滋味。

　　"陌上青青柳色，心中念念故人。"看日历，再有几天就是惊蛰，春已近半。春雷动，万物生，桃始华，微雨青山新。虽然我所在的西北，最低气温仍处于零下 8 摄氏度左右，但人的心却随着春的节气而萌动，从立春到雨水，春风春雨一点点滋润渗透着黄土高原，任是冰雪也要慢慢消融了。

上班时，为自己泡了一杯枸杞春芽茶。这茶叶也真应景，在热水里慢慢舒展开，像一片片柳叶，绿汪汪的，慢慢品，有一股淡淡的清新幽香，流进心田肺腑，一腔子都是绿茵茵的。这就是春之味吧，把春山、春意、春心、春思，都融入进去，不需七碗茶，只是一碗便觉两腋习习清风生。

袅袅茶烟中，不禁忆起中原乡下的春天。乡下的春天才是真正春，不像城市里的，什么都是人为设置建造，连季节都失去了原有的本色。我只喜爱乡间的春天，那是真正的自由畅快，想做什么就做什么，和树上的叶儿、花儿、鸟儿一样自由。

说到鸟儿，春意挂上树梢时，大概鸟儿是最先感知到的。一大清早总是先被鸟儿的叫声吵醒，它们在院子里的树上叽叽喳喳地叫着，我只恨自己不识鸟语，听不懂它们在说什么，想必是在告诉我们"春天来啦，春天来啦"。我不是鸟，但也懂得鸟的快乐。

那些鸟的名字叫起来也挺有趣，麻搔、赤辈叉、老鸹、燕子、小虫，还有叫不出名字的，在院子里迅疾地飞，胆大的燕子在屋檐下飞进飞出，安家落户，有时甚至会落到我们的锅台上。赤辈叉，乍一听像"吃杯茶"，吃杯茶，很悠闲的寓意，它的学名应该是布谷鸟，一般躲在村头的芦苇丛里，怕见人似的；小虫，就是麻雀，灰色的，因为多，农村人也就不觉得稀罕。小孩子常常拿了长长的竿子去戳它们的窝，有时会有雏鸟掉下来，看着它受惊的样子，小孩子也有了怜惜之意，捧在手心里小心翼翼地与它对视。都是一双纯真的眼睛，那眼睛里都充满着对未来的憧憬和茫然。

院子里的树不知什么时候就绿了，"凯风自南，吹彼棘心"，难道是一夜南风，就把它们全部吹醒了？搬张木凳子，坐在树下，听着鸟鸣，看着枝叶渐渐繁密起来的树，觉得它们都是我的树。偶尔风过，飘下几朵萎谢的花，乡间岁月不知何月何日，没有钟表催人年华，只觉得漫长无尽期。

夜晚偶尔落点小雨，虽无"小楼一夜听春雨"的雅致，瓦屋听雨声也是极有诗意的，淅淅沥沥，想着明天，田埂边的桃树就开花了吧，还有梨树、苹果树，那么多的树，怀着隐秘的欢喜与感动，在雨声里睡去。"芳树不用买，韶光贫可支。"春光原是如此无限，好比豆蔻梢头二月初的年华，可以随意欣赏而不尽。

这也是后来我为什么喜欢树的原因。每到春天，我都会想起一些树，开梦幻紫花的楝树，开喇叭花的泡桐，我尝过泡桐花的甜味儿，开白色小串花的槐树，即使是什么花都不开，只有杨絮随风落的白杨，也令我念念不忘。它们在空间和时间的迢遥里，渐渐成了我的亲人。在异乡的春天，我会去找这些记忆中的树，只是"橘生淮南则为橘，生于淮北则为枳"，那似曾相识、却已物是人非的场景，每每令人感伤。

春天的一切事物都是盛大而短暂的。树绿得快，花儿开得也快，落得也快，人的眼睛都顾不上细看，桃红柳绿，看花了眼，稍不留神，它们就落了。田野里的野菜，一转眼，就梗粗叶大，老了。"采薇采薇，薇亦作止。""陟彼南山，言采其蕨，未见君子，我心伤悲。"王宝钏苦守寒窑十八年，春天来了到田野里干活，头上戴的是荠菜花，弯腰挑的是荠菜，可是荠菜一开花就老了。可知王宝钏日子的清苦，青春原是如春光一样短暂。

"一朝春尽红颜老，花落人亡两不知。"难怪黛玉要凄凄惨惨地葬花，又难怪杜丽娘游了后花园，回去就病了。"原来姹紫嫣红开遍，似这般都付与断井颓垣。"

春天，会忽然冒出好多的小念头，就像树上的嫩芽，一簇簇的，仿佛一个个小梦想、小确幸。这么好的日子岂能辜负？想去一个不知名的所谓的远方旅行，想买几本好看的适合春天读的诗集，想去见一个人，看一棵树，想和这烂漫无邪的春光一起天荒地老，和生活中所有的恩怨和解，如木心说的，"不知原谅什么，诚觉世事尽可原谅"。

三辑

此/心/安/处

像 一 片 蓝 那 样

洋芋花开

在来西北之前，我不知道世上有一种叫"洋芋"的植物，更是不知道洋芋会开花。

初来西北小城，总会听到一个词——"洋芋蛋"，经常用来形容当地男子。觉得滑稽又可爱。后来才知，洋芋就是土豆。土豆圆圆的，浑身沾满泥土气息，一副憨厚朴实样，形容西北男人真是贴切、形象。人的性情和植物是一脉相通的。

洋芋，几乎成了当地人的主食。他们对它，是有着亲人般的爱。可是，在小城的这几年，洋芋始终与我隔着距离。或者说，是我与这个城市的距离。每到初夏，洋芋花开得漫山遍野都是，我却视若无睹。它们与我，像没有血缘关系的人，无法进入我的内心。不能融入一个地方，对它的任何一草一木都会觉得疏离。

我不喜欢吃土豆，我只怀念中原乡野间的红薯。那么甜的红薯，连红薯叶子炒着吃都是香的。我也不知道洋芋花是什么样子。我怀念中原的小桃红、春风牡丹，以及老屋门前那开得鲜艳欲滴的石榴花。

初来这里的头两年，由于水土不服，我小病不断。吃不惯、喝不惯、看不惯，谁稍微给我个冷脸，我就闷闷不乐好久。我天天牢骚满腹，像个满肚子气的怨妇。我不喜欢这里光秃秃的山、硬度大碱性大的水，不喜欢这里的春天（几乎每天都是沙尘暴）。而春天又总是来得很迟，都五月了，山上才有一星子绿。

家里小矛盾不断，和老公也是三天两头吵架。遇见当地人问我是怎么来到这儿的，我总有些恼羞地说是骗来的。我像个被卖给大山的女子，总指望有一天能离开这里。

他说我没有归属感。是的，我没把这里当成我的家。学校一放假，第二天我就收拾东西坐火车回娘家。

那几年的日子，过得磕磕绊绊，到现在都不敢回忆。

有一次，我坐火车从河南回甘肃。深夜时分，凄厉单调的车轨声正惹得我胡思乱想，忽然，一阵地道的甘肃方言传来。是两个老汉在聊天。以前无比讨厌的当地方言，此时在我听来竟是这样亲切，我竖着耳朵听，简直觉得他们就是我的亲人。

我依旧听不懂，可是那语调让我觉得亲切。我想起他家的院子、土炕、水窖，他的叔伯们聚在一起说话时的样子、神态。在巨大的时空感里，在一个人孤独的旅途中，我突然莫名想念他们。然后，眼泪就一颗一颗地淌下来。我支着耳朵听，把这份感情悄悄捂在胸口，觉得无比温暖。这孤独的夜，也多了几分暖意。

原来，不知不觉间，西北这个小城已经融入我的肺腑。我可以无视它、讨厌它，可它就是霸道地占据了我的心，你赶都赶不走。在认识他之前，这个地方只是地图上万千个点中的一个，现在，它成了我生活中的一个存在，一个活生生的存在。

后来，我认识了云姐。她送我的第一份礼物，就是一大袋结结实实的土豆，全部是精心挑出来的"新大坪"。第一次试着煮了一锅吃，煮熟时皮全部裂开，轻轻一揭就掉了。他帮我捣碎一个，拌上当地腌制的咸菜、辣椒油，让我尝尝。尝了一口，味道还真的可以。一口气吃了一大碗。放下碗，我戏谑说，以后我也成了洋芋蛋。他说，不，你永远是我心里的宝。这一句话，感动得我眼泪盈盈。想起我们刚认识时，他给我做的土豆揪面片，想起我们共读一本《读者》时的温馨场景。

每次回娘家，带得最多的土特产是土豆粉。粗的、细的、圆的、宽的、窄的、韭叶状的……那白亮亮的土豆粉，亲戚们吃了全竖大拇指，说好，筋道，耐煮。

有一次，陪父母去河南当地一家麻辣烫馆吃饭，吃了几口，我对厨师说："你这土豆粉不是地道的，口感和我们那里的差太远了。"老板听了颇为赞同，认为我是行家，感兴趣地问我是哪里人，为什么这样懂。妈妈大笑说，她是从洋芋窝里来的；爸爸接口道，她们那地方是什么"薯王国"。大家听了都笑。我边笑边赶紧纠正老爸，不是薯王国，是"马铃薯之都"。老板听了，两眼放光，赶紧向我打听，怎么可以进到最好的土豆粉？正宗的土豆粉究竟怎样？那一刻，我俨然又成了甘肃土豆粉的代言人。

再后来，很少吃土豆的妈妈也经常买起土豆来，一买就是一袋子。她说，见了土豆，就觉得离我近了。

来到甘肃，才知道土豆有这么多品种，就像我们中原的小麦、水稻一样优质、高产。来到西北，才知道土豆竟然开花，而且开得那么美。在空旷的天空下，在绵延不尽的山岭映衬下，它的美如此令人惊心。我常常为那荒凉中的一抹艳丽而震动。它们仿佛是荒漠中的一片绿洲，带给人希望和憧憬。

戏曲《钟馗》中有一句戏词说，"不以颜色媚于斯"，洋芋花的美不是颜色的媚，它的骨子里有一种倔强与固执。只有这样的倔强与固执，才能在贫瘠的土地上绽放出生命之美。那是一种力量的美。

　　年龄渐长，人也会渐渐变得世故、圆滑，我却没有。因为，后半生，我和西北那漫山遍野的洋芋蛋在一起，我心里盛开着一片洋芋花。它们是我倔强的来源，它们是我素朴的底子。

　　你知道我写的不是洋芋花，也不是洋芋，我写的是人心，是爱，是我在九年的时间里渐渐靠近一座城的过程，是我找到自己、发现自己的过程。

　　今年，洋芋花又开了，白的，紫的，连成一片花海。我说，带我去看洋芋花吧……

独坐西岩寺

一

前几天在西岩寺赏花，想到"性情"一词。

在手机博客上看一篇文章。小时候，总是被许多的不可以所束缚，大人告诉我们不可以躺着看书、不可以走路时看书等，说会用坏了眼睛。但我的眼睛早已坏了，而且即便不走路看书，它仍然会坏。不近视，老了也会花。包括生命这样东西，你再精心呵护，它还是会离我们而去，索性在活着时多些随心。

读的文章是《初恋情人》，一个中年女人写自己在十年后给初恋情人打电话的故事，并回顾了两人之间的恩怨纠葛。前面看着也没太大的反应，不过是青春岁月里人人都会经历的喜怒哀乐，很老套的情节，相遇、相爱、相别。只是看到最后两段，眼泪突然哗哗地落下来。

她写道：这十年当我发现这个世界上好男人并不多时，我会想起他。因为在这个世界上，爱和被爱，都不是一件容易的事。

最打动人的爱情，往往不是过程，而是多年后那种彻骨的感悟与宽容。迎风走着，没有人看见我的眼泪，夜色巧妙地为我掩盖了一切。我想起了我的初恋，那个等了我很多年的男人。我也想起某个人对我说过的话，他会在心里给我留一块洁净之地，任我随时来去。是的，十几年后，我也仍这样想，他们是世间最好的男人，会有更好的女子出现在他们的生命里。我更愿意充当一阵风，送去默默的祝福。生命如此短暂，而且只有一次，我喜欢生命中间最美好的那一刻。一刻就好。

曾经以为，人是会改变的。因为小说和影视剧都告诉我们，一个人的前半生和后半生完全是两个版本。但那仅指人生阅历，人的气质与性情是不可能改变的。我们所走的路、所认识的人，都是在无形中靠近那个内心真实的自己。

毕业以后，曾经从事过一段行政工作，我也以为自己这辈子将在官场混迹一生。后来，却从事了教育；再后来，就到了千里之外。然后，阴差阳错，就写起了文章。真的是命运的故意捉弄吗？非也。我走的每一步，都是在靠近那个真实性情的自己。所以现在的我，才是最真实的我。过着隐居式的生活，和向往的爱情在一起，和文字在一起，这不就是我年少时的梦想吗？

林黛玉、贾宝玉是性情中人，鲁智深也是，所以他有句戏词"赤条条来去无牵挂"，道出人生无尽的苍凉。后来读顾城文集，觉得顾城也是性情之人，永远长不大，有一颗孩子般纯粹的心。他说，我知道自己是这个世界上最简单的一个人，像一只昆虫，同时我也知道，这是一个很短的过程。

其实性情一词很中性，也有人总把它当遮羞布，仿佛一切鲁莽粗俗的行为都可归为性情里面。我这里的性情指的是率真、自然，有一种真，活得真实、质朴、淡泊。这也是一个为文之人应该具备的底色。

诗人刘年就说过，优秀的诗人也应该是一个好孩子，有敬畏心，有好奇心，有眼泪，能给人间以温暖、以希望。这些也是在说性情。一个好的诗人，应该有真性情。否则，会越写越苍白、贫乏、单薄。

二

早上去办事，回来时步行。慢慢走着，忽然想起这条街上有家书店，以前常和孩子来买参考资料，就想进去转转，看有什么新书。

可是在街上找了两个来回，也没找到。我站在以前书店的位置，只看到一家富丽堂皇、装修豪华的服装店，很气派。我有些纳闷，走进去问店员，她们告诉我书店不干了，现在是服装店，至于原因她们也不知道，估计是经营不善。

站在街头，我有些怅然若失。尽管清晨的阳光很明媚，天空很辽远，可我仍然觉得郁闷。一条繁华的街，竟然没有一家书店，人们竟容不下一家书店。看所有的人，都觉得生气。仿佛他们都是这场阴谋的参与者。我站在作案现场，却无计可施。

怅然地往回走。晚秋的街道飘满了落叶，一阵风吹来，无数黄叶簌簌落下，飘在我的肩头，令人黯然。我在手机的备忘录上迅速地写着一首诗，记录着一些事物的消亡，我是它们的见证者。

写完，抬头正好看见远处的西岩寺。它矗立在这个城市的最高处，它看见了一切。神啊，原谅他们吧，宽恕一切吧。

顺便把那首诗录在下面：

【开明书店】

上午九点，我在一条繁华的街上
寻找一家书店，他叫开明
听起来像一个男人的名字
我也的确把他当一个人想念
我很久不关心世事了
不关心街上越来越多的流行元素
可是我关心一个书店的死活
像关心我的前任男友
在它原来的位置，我反复辨认
以记忆，以孤独，以我们相爱过的证据
可是，没有，什么也没有
除了一间华丽的时装店
再揉揉眼，还是时装店，还是回忆
阳光明媚，这一切不过是肤浅的表演
尽管天依旧那么蓝，那么辽远
曾经的一场密谋以胜利告终
站在作案现场，每一个人都像凶手
我却不能指认，将人间审判
我第一次感觉到
异乡人，落日般的孤独

三

其实这些一瞬间的念头并不全和西岩寺有关，准确地说，这座寺庙是我精神领域的一座佛塔。它矗立在身体与日常之外的某处，我时不时地会看见它，有时在清晨，有时在黄昏，有时则在冥想中。是我的灵魂在看，在思索。

买了顾城的《顾城哲思录》。读了几页就发现，我太像他了。从来没有一个作家让我觉得如此相像。天真，孩子气，纯粹，单纯，不通世故，不关心世事，活在自己的世界里。

我想起很多年前看过的一张他的照片。那张照片经常出现在他诗集的扉页上，一顶高高的烟囱样的帽子，据说是他从裤子上剪下的。白色的上衣，脸上很平静，没有笑容，可是让人觉得这是一个善良的人。印象最深的是他的眼睛，清澈，无尘，明亮，固执。

他就是一个任性的孩子。

一个人一生离灵魂太近，是件危险的事。对于顾城来说，的确如此。

想起前几天看过的一个著名诗人的访谈，他说写诗的那些年，他陷入一种很痛苦很压抑的状态，常常觉得喘不过气。后来他尝试写一些散文小说，才从那种状态中慢慢走了出来。

诗歌，是人间的药，是诗人自身用全部的痛苦体验炼制出来的。

自从开始尝试着写诗，我的作品已无明显的文体划分界限，写散文像在写诗，写的诗又像散文。我认为，诗歌不过是分行的散文而已。有一读者看我微信里的一首小诗，他说，这篇小散文写得真好。如果他真从这种所谓的随意里找到一种阅读的快乐，也未尝不可。

一个多年从事写作的人告诉我，写过一段诗歌后，再回头写散文，会发现很有趣。至于有趣在何处，我已经有所体会。现在，我越来越随意了，不再关心他人的看法。写作就像人的年龄，到了某种岁数，就突破了年龄、性别的界限。

　　独坐西岩寺，因为是在佛祖面前弄文，只有真实可以示人。一切皆从心出发。

春日访兴云寺

　　不知怎么回事，定西的兴云寺对于我，一直有一种奇怪的阻隔。我在定西住了八年，它也在定西，按我访古探幽的嗜好来说，早该频频往访了，却一直不得其门而入。和当地人说起我的这一缺漏，他们都会大吃一惊。没去过七台山的兴云寺？不可能吧，那就算不得地道的定西人。可见兴云寺的名气在当地有多大。

　　任何事物的相遇，都需要一个契机。这契机，便是缘分。仿佛走了很远的路，以为要错过了，一抬头，它却就在那里。恰逢当地的民俗杂志约我写一篇关于兴云寺的文章。这大约便是那个契机。

　　一直对庙宇、寺院、禅宗怀有某种敬意，也自认自己与佛是有着某种冥冥中的缘分。喜欢听晨钟暮鼓，喜欢听木鱼敲击时发出清脆笃定的声音，喜欢梵乐，偶尔抄写《心经》《金刚经》。看到面目清秀的僧人，会心生敬意，有与之攀谈的念头，觉得他们都是世间活得最明白、最通透的人，是世间的智者。

　　决定去访兴云寺的前一晚，下起了淅淅沥沥的春雨。有雨的晚上，想念一座深山中的古寺，像想念一位故人、一个知己。此时的它，定是涧户寂无人吧，在时光的寂寂黑夜里，老成一幅古画、一把古琴。只等有缘人，来与它相遇。

在灯下，查阅关于它的资料："兴云寺是定西市安定区较为古老而有影响的古代建筑群，始建于宋元之际。位于城东北五里半山腰，将雨则山头云蒸，故名兴云寺。因寺庙在山上高低错落分布成一长串，民间又称'串串庙'。"虽然资料介绍了兴云寺的由来，但我总想起荀子《劝学篇》中的"积土成山，风雨兴焉"，我宁愿相信这个名字的由来也与它有关。

第二天，竟然风停雨住，好一派清明的春日。想起一个朋友的诗句"欲得花消息，春来陇上游"。一个人开车前往，不过几公里路程，却问了两个人才找到。兴云寺，我要靠近前去怎么这样难呢？明明已经到了跟前，却还要弄一条煤渣路来作为最后一道屏障。这番寻访，真有朝圣的意味了，不由得心生敬畏。

因为是早上，没有香客，亦没有参观者。我可以尽情地贴近它，与它对话，这又岂非是一种超乎寻常的安排？

老远就看到它醒目的白色台阶，依山而建的庙宇，在朝阳的映衬下显得高耸、壮观、恢宏。远处看，有布达拉宫的气势。寺院周围平坦开阔，空旷高朗，稍远处群峰环绕，真是一处天然佳地。看来，听景和看景完全是两回事，虽然听景的想象空间更大，但看毕竟是身临其境，更有贴心之感。诵经声在风里传得好远，一字一句入得耳中，庄严凝重，飘忽空灵，直抵人心。此时明白了陶渊明的那句诗"此中有真意，欲辩已忘言"。真的是忘言了，只是陶醉于这经文里，如迦叶对世尊的拈花一笑。真正的至理，是没有言语可以形容的。此时，心如明镜般澄澈、通透。

伴着诵经声，拾级而上。蓦然抬头，看到"兴云寺"三字，醒目，庄严，山门显得稳重、宏阔、大气，与这三字交相辉映，凸显了浓厚的人文气息。旁边联：陇源存古刹圣宫宝殿三教地，关川有翠屏层峦叠嶂七台山。

驻足，回首向来处，真有一览众山小的气势。想起王维在《终南别业》中的诗句"兴来每独往，胜事空自知。行到水穷处，坐看云起时"。我这样的兴来独往，也体会到什么是胜事空自知。很多生命的感悟，往往是在独往中获得的，那种境界，非热衷红尘喧嚣的人能达到的。

此时，山风浩荡，春意在心。"白云回望合"，放眼望去，四周全是西北特有的黄土高原，有一种寂静中的苍凉。我自小在中原长大，没有见过山，更没有体会过荒凉。这样的荒凉与寺院的庄严慈悲并不矛盾，反而有一种恰到好处的映衬，相得益彰。更使人悟到佛家的大慈大悲，普度包容。

我站在前人曾经站过的地方，犹如回望历史。时间、空间、历史、自然，融汇在一起，在内心千回百转。我会想起那个叫"雪个"的僧人，更多的人只知道他是八大山人，却不知他剃发为僧后的名字。此时的荒凉与慈悲，便是他笔下的一幅画呀，简洁、隽永、凝练、静穆。我还想到，那个刺血写经、以血为墨的弘一法师，他圆寂前写下的那四个字是空灵的禅语，更是一生的大彻大悟。"悲欣交集"呀，一切人生滋味全在其中了。

进入山门，后面是殿宇、宫观、厢房，供奉着儒、释、道三教圣人。香烟袅袅，钟磬悠悠。殿宇旁边种了一些牡丹花，在西北，牡丹花要五月才开。见一人，正在牡丹旁拈香，叩头朝拜，神情甚是虔敬。后面高台处还有一所大殿正在修建，听说里面供奉的是观音。

　　正在漫步时，意外碰到了寺院的负责人。他是很有佛缘的一个人。先前见过一次，觉得他身上有一种佛家的慈悲与平和。有善心，才会去做这样的善事。寺院里立着很多功德碑，记载着当地爱心人士的捐款，也看出当地人对兴建寺院的支持，对佛法的弘扬。

　　今天，我来到这里，以虔诚之心、敬畏之情，是前人眼光的一种延续。不管怎么说，我终于来到这里，追慕前人，从而找到了自己心灵的皈依。

　　近段时间，正在读一本关于佛经的书，对禅的领悟日渐加深。佛经上说的妙喜、法喜，不是得到什么的满足，而是不为什么，只觉欢喜。生命本身就是吉祥、幸运、欢喜。此时的我，就有这样的欢喜，慈悲喜舍，静定安详，也无风雨也无晴。安静地来，安静地去，波澜不惊，淡然一笑。

到那陌生的地方去

那天下午，报社的小王记者来采访我。他问了这样一个问题：在来定西之前，听说过这个地方没？

我不假思索地、很肯定地说："没有。"其实，不止定西，甚至甘肃这个名字对于我也是陌生的。

读书时，我的地理极差，东西南北经纬线都分不清。好像世界上除了我在的那个镇子，其他地方都遥远得如同神话里的传说，根本是人们为了打发无聊的生活杜撰的。

如果你硬要提醒说，难道不知道丝绸之路吗？不知道敦煌？不知道酒泉？不知道玉门关？哦，你提起来的时候，我当然知道，可是因为它们和我毫不相干，在我的大脑版图上，当然没有一席之地。

只有爱上一个人，爱上那里的一个人，这些地方才会像深海里的冰山渐渐显露出清晰的模样。

认识他时，正是我极度叛逆想逃离的阶段。我想到远方去。随便什么地方，至少在我生活的概念之外，来回可以坐个火车、轮船什么的，总之要有远行的样子。

世界上有两种远行，一种远行的本质是朝圣，另一种是隐遁，逃离自己所属的世界，踏入陌生的荒野。

37岁的歌德在魏玛生活了十几年，身居要职，却在某天的凌晨三时，提起行囊，独自一人钻进一辆邮车，逃往了意大利。他出逃并非是因为走投无路，而是他发现自己的人生不知不觉被套上了一个齿轮，生活把创作热情压榨得干瘪枯竭。

而那时的我，也发现了类似的"疾患"。白天忙于工作，晚上累得一句话不想说，每天重复同样的话、同样的事。日复一日，毫无新意。命运正在把我往一成不变的齿轮上套，一套就是一辈子，一直到生锈，再也走不动为止。

我想改变这种生活，想到一个陌生的地方去。那时，追求我的人，凡是半径在五百公里之内的统统排除，当地的男孩条件再好一概不考虑。

二十九岁那年，一个阳光明媚的上午，我很潇洒地辞去公职。世界那么大，我要去看看。几年后，我的河南老乡，也以这一句宣言般的辞职信作为自己某种生活的终结。

如今，在这个所谓的陌生之地，我已经生活了近十年。十年一觉，这十年中我当过教师、家庭主妇、业余写作者、房子销售员、人力资源师。对于一个写作的人来说，干过的职业越多越好，走得离家越远越好。木心说过，搞艺术的人，必须离开家，离得越远越好。

离家的最初两年，日子也并不好过。我几乎是数着日子过的。每一天于我，都格外漫长。梦想与现实的距离，常使我消极颓废，莫名的悲从中来。

有生以来，我度过了一段接近真空的生活。没有目标与意义，每天一睁开眼就是上班。只有那几十个学生能将我的空白填满。

走在街上，没有一个熟悉的面孔，因为不懂当地话，大多时候面对别人都只能点头微笑。人际关系稀薄，和当地人无法建立任何情感联系。对于来自他人的幽默与玩笑，我常一头雾水，不知道该在哪里笑合适，往往是别人的笑结束后，我才若有所悟，自己干笑两声。对于我，人群就是一种幻觉，我只在与自己交谈。

不过，令我开心的是，在这陌生之地，因为一抹黑，就不必去应付什么社交，不必绞尽脑汁以各种借口推脱，更不必去取悦任何人。

我无法进入一些所谓的圈子，当然也不懂内在的规则。我的生活简单到纯粹。只是活着，剩余的大片空白用来思考。因为离开了自己原来的生存空间，我能隔开一段距离来审视自己，有了更多空余来观察、思考。

重要的是，我收获了孤独。孤独，是一个多么迷人的东西。有些人一辈子也没在它的世界里待过。我渐渐适应了这种没有人打搅，也不打搅别人的生活，并且我依旧可以把它过得繁花似锦。

春天，黄土高原上一点点绿起来的情景真生动，这种生动，任何高明画家的巧手都难以描摹。那是一种自然的神奇。那种生机，不是南方的铺天盖地，而是一种隐忍里的勃发。这种隐忍之美更令人感动。在荒山里走着，以为会淹没在这种荒凉里，拐弯的一瞬，一枝艳艳的桃花兀然立着，那种倔强的蓬勃令人想流泪。

春节，随着人流，去看烟火晚会。被人群挤着、推着，听他们笑着、说着，竟有一种陌生的相知。我并不熟悉他们，他们也未必喜欢我，但此时此刻，我看见他们总觉得有一种亲切。

这陌生的地方、陌生的人群、陌生的语言，随着时间滴漏的渗入，已经融进了我的骨骼、血液、文字。

2016 年，我出版了自己的第一本散文集《只想把这些美好告诉你》。这熟悉的陌生之地，使我收获了孤独与丰富、文字与灵感、观察与思考。

假设另外一种人生，如果我不曾来到这里，在那命运的齿轮上，我将日复一日地旋转，一直到死。毫无新意地书写，千篇一律的章节，从开头看得到结尾的直线式生活，自己都觉得面目可憎。

从某种意义上，是它解救了我。是的，这个陌生的地方拯救了我。1786 年 11 月 4 日，歌德在罗马给自己的母亲写了一封信，信中说：我将变成一个新人回来。

地理与心理上的逃离，使歌德有重获新生般的喜悦。我在这里，也有重获新生的喜悦。好像自己变了一个人。其实没有，我们只是活成了我们本该成为的样子。

只听到青绿的细流声

　　印象中，定西的春天总是姗姗来迟。在定西的十多年，几乎没留意过春天是什么时候来的，又是什么时候溜走的。这里的春天多风沙、干旱，绿色是稀有之物。春天在我的心里渐渐变成了一个概念、一个抽象的名词。

　　三月末的一天，有幸受安定区作协邀请，参加水保局举办的"水保立区，建设生态文明"的采风写作活动。作为一个在定西生活多年的异乡人，从来没有仔细地走过它的沟沟峁峁，更没有认真地阅读过它的沧桑与历史变迁。我总是像一个过客，匆匆而过，有过的情感碎片也转瞬即逝，这次我要停下来，深情专注地凝视它。这次活动是一次寻春之旅，更是一次精神之旅……

　　车子在盘旋曲折的山路上疾行，不得不佩服司机师傅的驾驶技术，在如此不平的山路上竟能如履平地，惊叹之余，望向窗外，莽莽群山，亦如我的思绪，时而凝滞，时而流动，随时间潺潺进入属于它的空间。

　　路边的树木越来越多，有侧柏、红柳、沙棘，都是些耐旱的植物。听同行的文友介绍，这些树已有些年头了。在定西，养活一棵树如同养活一个孩子般不易，需要几代人艰辛的付出，才能有眼前这漫山绿色。我们先是参观了"中国农业银行万亩林"，然后是"金华林"，养活一棵树尚且不易，何况是万亩林，想到此，心头一凛，再看那一草一木，便有了肃然的目光。漫山遍野，层层梯田之间栽满了松柏，远处看，一排排围拢成弧形，仿佛给大山围上了一条条绿色的丝带。风过处，飒然有声。这曾经沉寂千年的古丝绸之路如今又生动起来，它被绿色唤醒了。想起晚清时任陕甘总督的左宗棠带领湖湘子弟种下的那十万余株绿柳，他亦慨然写下"新栽杨柳三千里，引得春风度玉关"的动人诗句。漫山的绿色曾经是左公的大手笔，左公柳将成为定西的一道人文景观，永远停留在历史深处。

生于中原的我虽见惯了绿色，但这绿和那绿又是不同。这里的绿，有一种坚韧的生命力，是经过风沙、风雨洗礼后依旧傲然的绿，这绿就显得厚重，不寻常。还记得十年前，我初来定西，在一所中学教书，我和同事曾一次次站在窗前，望着远处起伏的黄土高原，如梦般地感慨，这山什么时候会绿起来呢？

响河沟的梯田又使我小小地震撼了一下。在城市的高楼里坐着欣赏航拍的梯田照片和站在山顶看，完全是两回事。走过草丛，拨开荆棘，走到崖边，感受山风的料峭，远望，俯视，视野被涨得满满的，满目的梯田，那种壮观令人说不出话，看得久了，会产生出虚幻感，不知置身何处。这种浩大令人感叹自然的神奇与人力的伟大。这个地方的人得有怎样的毅力与坚韧，才能把一座座荒山变为良田？连古时的愚公也要叹服吧。这巨龙般的梯田，成为这座城市最好的背景，给予城市以厚重的支撑，它是见证、是思索，更是追寻。

这是一个不容易看得见努力与付出的地方，一棵不显眼的小树也许已生长了多年，一条弯弯的梯田倾注了多少代人的汗水与血泪……

在苍松翠柏之间漫步时，偶然邂逅了两株杏花。在这样的薄寒天气，见到开放的杏花是很奢侈的，赏心只需两三枝，两三枝已足令我们惊喜了，大家拿出手机相机争相拍照。春日游，杏花插满头。"一枝红杏出墙来"，这春意更浓了几分。

这趟"寻春"之旅，最令我感动震撼的是在大坪村的科技展览馆。定西人都知道，大坪村出了个冉桂英。"大寨人能干成的事，大坪人也能干。"在时任生产队长冉桂英的带领下，大家下定决心向大寨学习兴修梯田，创造性地提出了"山顶种树戴帽子，山坡种草披褂子，山腰梯田系带子，山下建棚围裙子，沟底打坝穿鞋子"的理念，开始进行山、水、田、林、路综合治理。如今的大坪村，已成为定西市浅山区生态小康第一村，被评为"全国文明村"。

安定区国家水土保持科技展览馆就设在大坪村。安定精神在这里有了很好的落脚与诠释，那就是"敦厚、包容、坚韧、自强"。安定的生态环境建设是一部恢宏的史诗，是一曲气势磅礴的交响乐，更是一幅幅壮丽的画卷，探索、开发、治理，每幅画卷背后都是一项浩大艰辛的工程，是安定人战天斗地、愚公移山的执着精神体现。在这里，感受到国家领导人对定西的关怀与期望，置身其中，我也感受到一份温暖的殷殷期盼。一个个鲜活的劳模形象，一幅幅青山绿水的画卷，周围充满了绿，心里蓬勃着一团绿。

我的情感也在此有了最好的归宿。一直以来，我都是以一个旁观者的眼光审视着这个地方，这眼光甚至有些挑剔，仿佛是个局外人。直至此时此地，这里的一切才与我心意相通、血肉相连。思绪的潮水奔涌而来，压迫着我，冲击着我，我的眼睛湿润了。看山看水看景，也是在反观我们自身，那一瞬，我看到了自己的内心，也为我的这篇文章找到了最佳的切入点。

最后，我们是以跟一潭湖水告别的方式结束一天行程的。这似乎有了更深一层的象征寓意，有一天，这水、这河、这一草一木将成为定西的常态。人们会把越来越多的赞美赋予它，它与青山、绿水不再是"冤家"，而是成了"亲家"。暑热天气来定西避暑的游客也会越来越多，告别"不适宜人类居住"的旧帽子，走出一条属于自己的自然生态之路。不模仿、不谄媚、平静、富足、美丽、高贵，这就是定西的宣言。

归来，已是暮色渐浓。心里装得满满的，急于要向别人倾诉些什么。第一次如此近地贴近定西，阅读定西，聆听定西春天的风。走在这片土地上，觉出一种踏实安稳。世界那么大，我也只恋慕这一小块地方。此心安处是吾乡。

我找到春天了吗？我想，春天已经在那里了。想起一首歌词：

啊，就像河水的流动一样

安详平稳地，让人想寄身其中

无时无刻，只听到青绿的细流声……

借山而居

秋天，是安定一年中最美的季节。远远望去，那些被风烟笼罩的山头村落都有了一种宁静的古意。这个秋天，我与安定的山川草木有了一个相知的机缘，有幸受邀参加"安定印象绿色家园"林业生态建设采风活动。虽然时间短暂，匆匆来去，"走马观花"，却有一种安定归来不看山之感，可见安定山川的丰饶秀美。不识庐山真面目，只缘身在此山中！

安定的秋天，美得像一幅画。天空蓝得有点不真实，透明纯净如蓝水晶，云朵又格外的白，一朵朵调皮地飘来飘去，让人总想把手伸出车窗去摘一朵看能不能当棉花糖吃。远处的梯田，黛青的山峦，葱茏的草木，星星点点的山村人家，都成了这帧巨画中最鲜明的点缀。人在其间行走，仿佛是在画中游。

虽然在定西待了十多年，却仍然辨不清方向。四围全是山，猛一看都一个样，出门又是路盲，幸好这里的山都是以方位命名的：有文化内涵丰富的东山，有风景秀丽深藏古寺的西岩山，还有让人总莫名产生膜拜之情的南山。驱车登古原，今天，我们要怀揣虔诚把它们一一寻访。

一路上，大家讨论着关于季节的问题。有人说，定西的四季最分明。有人并不能苟同，说笼统讲来定西应该只有冬夏，因为冬季时间长，基本没有春天，直接过的是夏天。这点我倒赞同。在我这个中原人看来，定西的季节之间是几乎没什么过渡的，往往从一个季节直接跳跃到另一个。此时虽是初秋，却已经像中原的晚秋。大家又谈到定西的天气，说是近些年雨水多了，气候比以前明显湿润，大有小江南的感觉。大概这些都和生态环境的变化是分不开的。

车子在山间轻快行驶。透过车窗，看到片片绿色一闪而过，作为背景的黛青的群山和天空显得辽远而深邃。秋天是当地一年中草木最茂盛的季节，土地弹性十足，每一处褶皱仿佛都舒展开了。各种叫不出名字的植物兀自葱茏地长着，自顾自地，不在意有没有人看见，也不在意你的脚从它身上踩过。它仿佛在说："我就是要这样活。"庄稼丰收在望，洋芋、荞麦、苞谷、糜子，散发出植物果实特有的清香与甘甜。每一棵树，每一株草，每一株庄稼，都是一个讲不完的故事。这山间数不清的林木又该有多少传奇隐于其后？是谁一棵一棵把它们运上山，又是被哪双神奇的手一棵一棵地栽下，直到成活、长大，到今天的绿遍山野，蔚为壮观，这简直就是一个奇迹。偶尔有鸟从林间飞过，更有胆大敏捷的野兔从草丛里跃起窜过小路。路两旁的树过于茂密，时时与我们的车擦身而过，我们必须小心行驶，有时还得下车把旁边的树枝往里推一下方能通过。

这在二十多年前我初来定西时是没有的情景。渐渐浮上心头的回忆把我拉回到二十多年前的冬天。

那是1997年的春节，我和当时还是男友身份的老公一起回他老家。我也不知道火车是在往什么方向走，咣当咣当，轰隆轰隆，一夜之后，火车就把我带到了一个全然陌生的地方。天刚蒙蒙亮，他说马上就到站了。我带着初到陌生之地的惊喜与新鲜感，迫不及待地向窗外看。啊，好多的山呀，一眼望不到头。奇怪的是，山是清一色的黄，我纳闷造物主怎么能把这么多土堆在这里。山上没有树，连草也没有，更没有我想象中的山间溪流什么的，一切都显得寂寞而荒凉。因为是冬天，山上覆盖着一层薄雪，有点像老舍笔下对济南冬天的描写："山尖全白了，给蓝天镶上一道银边。"除此之外，便没有别的颜色了。若是有点矮松的点缀该多好。整个天地间，仿佛除了黄仍是黄。我有些发蒙，这远远超出我的想象。因为我从小的人生体验只有平得不能再平的一望无际的大平原。

我在头脑中搜寻着和这些景象有关的二手经验，它们只能来自文学作品或影视剧，如课本中出现的《安塞腰鼓》，系着白羊肚手巾、赤膊唱着信天游的西北汉子，还有路遥的《平凡的世界》里出现的画面，总之就是无边的荒凉。正这样想着，他却放开嗓子唱起来："我家住在黄土高坡，大风从坡上刮过，不管是东南风还是西北风，都是我的歌，我的歌……"

这几句歌词倒是常听他唱，我也总是乐一乐，没想到真是他家乡活生生的写照。忍不住问他，为什么这山上没有树不长草呢，他只是淡淡地说，因为这是土山，不比南方的石山，土山是穷山，没什么资源。他没再往深处说，我知道他是怕说多了留不住我。他没想到的是，即使后来我知道这里干旱缺水，多风沙，生活艰难，十年九旱，靠天吃饭，却仍然把根扎在这里，把爱留在了这里。这是命运的安排，就像一棵树，命运注定要它长在这里，老在这里。每每和友人聊起人与人之间所谓的缘分、巧合、冥冥中注定的东西，以及人生中的某些瞬间与契机。和一个人的缘分尚且如此，那么和一棵树、一座山、一座城呢？

这样想着，十几年的时间已经过去了。这些年里，我一点一点感受着定西的变化，见证了它的种种变迁，从经济发展到精神文明，再到生态环境建设，可以说是"得失寸心知"。老公也常常感叹，现在安定的气候好多了，降雨量丰沛，绿色植物明显增多，气候宜人，既似江南更胜江南。河南的一位朋友来定西看我们，他曾是主持我们婚礼的司仪。一下车，我问他对定西的看法，他说："挺不错的，比去过的西北几个城市好多了。"又说："看到你生活的这个环境，我就放心了。"原来他也曾暗暗担心我在此会不适应。老公开玩笑说我是"此地乐，不思蜀"。

　　正沉浸在回忆里，忽然车身震了一下，司机师傅说，到了。我们的第一站是北山的"赵家铺退耕还林示范工程"。这座山有个世俗却动人的名字，叫"金盆山"，它寄寓着老百姓的多少美好希冀啊！金山就在此，就看你会不会发掘这里的宝藏。宝藏在何处？就是这漫山遍野的绿！习主席早就说过："绿水青山就是金山银山。"登上山顶，我看到了当年国务院总理温家宝和国家副主席曾庆红亲手栽植的两棵云杉。十年树木，百年树人。如今这两棵云杉已是高大挺拔，巍然屹立于山巅，俯瞰群山，而更多的云杉、侧柏、红柳，一层层成长起来，由点到线、到面，逐渐蔓延，以不可阻挡之势，绿遍了整个山川。站在山巅俯视山谷，会有些眩晕，疑心这绿是自己的幻觉。特别是看到随行记者用无人机拍摄的航拍照，更是令人震撼。这一行行一排排的树，仿佛是天地间书写的一幅端正饱满的楷书作品，一横一竖，都蕴含着一种大格局，大气魄。它们是沉默的、稳健的、低调的、内敛的，亦如朴实敦厚的安定人。又一次被安定人战天斗地，不屈服于自身局限的精神所感动。人定胜天！

　　风就是草木的语言。行走于群山之间，感受山风浩荡。二十多年前吹过我的风现在仍然吹着，但是这风不再是挟着无情的沙尘，不再是冷漠的劈头盖脸，而是带着温情、带着绿的湿润气息，缓缓地吹到脸上，它永远是我们心中那首动听的歌。

我最喜欢南山的风光。也许是因了那首婉转动听的《南山南》，也许是因了陶渊明的那句"采菊东篱下，悠然见南山"，也许仅仅是应了南山能让人想起与江南有关的风雅物事。南山果然没让我失望。一段山路攀登之后，眼前出现一凉亭。踱步至凉亭，感受到扑面而来的山风，眼前豁然开朗。远望，是一片平坦的原野，绿色的田地星罗棋布，竟然还有水田纵横其间，阡陌交通，鸡犬相闻。同行的文友说，这就是乌龙川村，也是他的老家。忽然想起他的笔名就叫"乌龙川人"，可见他对家乡的深情眷恋。乌龙川，一个颇有古意的名字，这里应该有一条河，像巨龙，生生不息，滋润着一方百姓。他指着远处说："乌龙川似小秦淮。"我以为是他的杜撰，后来才知这是清朝康熙年间任安定知县的许铁堂许公的诗句。可知三百多年前的南山已是青山绿水，颇有江南风貌，才令身为南方人的许公写下此诗文。

在南山的"锦鸡塬示范点"和"福州定西扶贫生态林"，我看到了更多的树种：侧柏、山毛桃、臭椿、红柳、柠条、刺槐、山杏等，它们都是一些古老的树种，在时间的漫漫变迁中随环境变得坚强，耐旱，易活，善于抵抗极端严寒天气。让它们扎根于此，是命运再好不过的安排。一个人有自己的命运，一棵树、一株草也有自己的使命。它们便是要来守护我们的家园的。像这样的精品绿化示范工程安定已有十多个，达到了十多万亩。宣传材料上显示：全区森林保有量百万亩，森林覆盖率达 18%。为了森林资源培育、保护和管理，还选聘专业护林员、生态护林员、草管员，常态化开展巡查护林。

一片山川的绿需要多少代安定林业人的精心呵护？需要多少人力物力，才能有今天的规模与景象？愚公移山的精神一直都在，而且仍将一代代地传递下去。如今的群山再也不是寂寞而苍凉的，它彻底复苏了，像一个小伙子沉睡已久后从梦中醒来，浑身有使不完的劲，充满理想与抱负，他要一展宏图，振翅高飞。古丝绸之路又焕发了它的生机与光泽，寂静的历史又活过来了。

也许从我一个中原人的角度看，怎样的绿都是平常的，都不会令我过分惊讶。中原是农业大省，绿色可是我自小司空见惯的。但别忘了，这里可是海拔 1900 多米的黄土高原上；别忘了，这里是全年降雨量只有 380 多毫米的大西北，属半干旱地带，靠天吃饭是它的常态。

闲暇之余，我喜欢拍些安定的自然风光发到朋友圈，河南的亲朋好友看了都评论说，安定的自然环境还挺不错的。纯净的自然生态环境大概是他们心向往之的吧。

安定，安定，一个多么踏实安稳的词。跟着它，就有了一种归属感，安全感。在这一圈绿色长廊的包围里，我们安稳地生活学习工作吧。最妙的是下点小雪，我们也有矮松顶着朵白花，仿若最曼妙风情的女子。来安定吧，让我们借山而居，喝一壶罐罐茶，听一段秦腔，望一望远山，相看两不厌。

像一片蓝那样

一

刚才在书里看到"钻蓝"一词，便好奇钻蓝究竟是怎样一种蓝。我喜欢一些冷色调，灰，蓝，紫，衣柜里的衣服全是冷色系。本命年难得买了一件大红羽绒服，穿在身上老觉得扎眼，浑身不自在。

在百度上搜"钻蓝"，一下子引出了几十种不同的蓝色，如湖蓝、普蓝、靛蓝、宝蓝、藏蓝、孔雀蓝、海蓝、瓦蓝……整个人仿佛是掉进了冰凉的蓝色深渊，盛夏的天气，却有股股凉意涌来。几十种蓝，有的一字之差，谬以千里；有的像同胞姐妹，令人难以区分。放在一起，既有参差之美，又有对照的鲜明。

钻蓝。忽然想起前几天去乡下，于暮色中看到的山间夜空——原来那就是钻蓝，比孔雀蓝亮，比天蓝色深。夏季的山里，格外静谧，唯有清凉的山风从发间穿过。钻蓝的天幕上悬着一轮又圆又亮的月亮，藏蓝的群山如海般沉默，一波未平一波又起。令人想起生活的波澜。

我惊喜地大喊："这简直就是李白《关山月》中所描绘的画

面。""明月出天山，苍茫云海间。"在西北，我只能想到这样的画面，青海长云，西出阳关，春风不度，大漠孤烟，这些生动的边塞画面一幅幅从我眼前掠过。我说，我是在玉门关么？还是在敦煌、在青海？我的前世，是一个征人，还是一位思妇？所以今生，我要千里迢迢地来这里，寻我的爱，寻我遗落千年的梦。

二

张爱玲在《异乡记》里写到一条名为"丽水"的溪流，她形容那溪水是"冷艳的翠蓝，银光点点，在太阳底下流着，那种蓝真蓝得异样，只有在风景画片上看得到"。"翠蓝"一词用得真好，有少女的清秀明艳。闭上眼，仿佛看到了那活泼泼的一条溪流，真是一泓"丽水"。

蓝，有一种神秘的蛊惑，更有一种低调的风情。蓝色妖姬不知迷惑了多少女子的心。只需一朵，便可拴住一世的爱。

年少时，爱上一个总穿蓝色衣服的人。他只穿藏蓝的衣服，西服，夹克，裤子，纯一色的蓝，远远看去像一棵沉默的树——秋天的树。我们之间的相遇也像一段缄默的蓝。从此，我深深迷恋上这种要命的蓝。

好像每个女子的心里，都住着一个蓝色、一段深蓝般的爱情。湖蓝的纱巾，藏蓝的裙子，宝蓝的旗袍，孔雀蓝的衬衫，文艺，安静，风情，妩媚。

有一段时间，迷上了南方的蓝花布，当地人叫它"蓝花骚"，淋淋的蓝，给人梅雨天的感觉。随便扯上一块，就是一幅画，一件艺术品。狭小简单的屋子里，在桌子或椅子上铺上一块儿，屋子瞬间就有了干净朴素的民国味道，如不施粉黛的少女。真是又蓝又骚呀。

张恨水笔下的女子全都是阴丹士林蓝的旗袍，有小家碧玉的曼妙。民国才女陆小曼有一天穿了阴丹士林的旗袍去找徐志摩，徐志摩完全被这样的惊艳震到了，他在日记中写道："小龙，我最爱你穿素衫的样子。"中国人造字真是厉害，一个字，一个词，竟活脱脱造出来个美人。

三

蓝色，有一种天生与世俗格格不入的气场。令人无法靠近。张爱玲文字的底色是宝蓝色，有一种明亮刺眼的冷；杜拉斯文字的底色是午夜蓝，有一种沉重的颓废与病态。她说过，如果成不了作家，就会是个妓女。多么张狂的女人。这样的女人一定是暗夜里的蓝，闷骚又痛苦。而博尔赫斯应该是深蓝色，寂寞又尖锐，你无法进入他的内心，却总是被他的某个念头所击中。他说："人群是一个幻觉，我是在与你们个别交谈。"卡夫卡的眼睛老令我想到午夜里的蓝光，冷而苍白，又怯懦又悲伤。

我文字的底色，是异乡月亮的蓝，透明，凉薄，掬水月在手啊。浴在这样的蓝里，心里明镜儿似的，把一切世态人情，离合悲欢都看透了。

蓝，一朵深渊色。它是属于中年的。年少时，喜欢红与绿的热闹，苹果绿，小桃红，连指甲上也染了浓浓的桃红。中年了，就希望像一块蓝那样，静静地，守着自己的内心。哪儿也不想去了，就守在原地。等着，和一个人，慢慢，终老。

女之"态"

早上出去散步，习惯在路边摘一朵野花别在扣眼里。淡紫的马兰，嫩黄的蒲公英，或柔弱的雏菊，别在白衬衫的扣眼里，仿佛是带着一首诗在散步，心里有音乐随之流动。心情好了，连带容貌也美丽起来。

关于女性之美，我欣赏清朝李渔关于态的说法。他说："女人的态尤为重要，态之在人身，犹火之有焰，灯之有光，珠贝金银之有宝色，是无形之物。态之为物，且能使老者少而媸者妍，无情之事变为有情。"态，与现实衡量美女的标准毫无干系，现代社会人造的东西太多，假而僵硬的"人造面具"不在李渔所谓的"态"之列。

态，是木心诗里写的——女孩拢头发时斜眼一笑很好看。是古诗里的"照花前后镜，花面交相映"。这都是刻画女子的一种态，这种态媚而不俗，浅而不薄，使人物身上多了一点光，一点宝色。《红楼梦》中林黛玉和妙玉的美都胜在有态。

那天，看一位颇有文艺气质女作家的微博，里面有两张她和女儿的照片，编着发辫的发上插了两朵绽开的石竹，黑色的发配上鲜艳的玫红色石竹，简单，明净，素朴，给人一种明媚的欢喜。有人奢侈地穿金戴银，有人简单到只戴一朵花，人与人的生活理念差别真是大。李渔说："所当饰鬓者，莫妙于时花数朵，较之珠翠宝玉，非止雅俗判然，且亦生死迥别。"

章诒和在《往事并不如烟》中写到史良的侧影，一个侧影便足以令人回味无穷。章诒和提到这样一个细节，有一次，史良去她家，淡施脂粉，身着白哔叽西服套裙，脚穿白色麂皮高跟凉鞋。当时庭院里的鸟萝松正绽放着朵朵红花，她俯身摘了几朵，托在手心，来到作者母亲的梳妆台镜子前，仔细地一朵朵嵌入上衣的扣眼，嵌好后还左右端详。这个画面想想都觉得美。而据说史良本人的容颜是称不上美的，但这个"态"表现得真好，为她的颜值加了不少分。

由"侧影"一词，我又想到了女人照相。会照相的人极少拍直愣愣的正面照，明星艺人好看的照片几乎全是侧面。王菲的烟熏妆，总是高傲地仰起头，稍稍突出下巴，眼睛也是略仰的，有一种迷离的冷在里面。汤唯是最喜欢拍侧面照的，那浅浅的笑总使我想到雏菊——不张扬的文艺范儿。张爱玲的照片也是侧面的居多。不像现在许多人喜欢的自拍，突兀的一张大脸，直直逼视过来，连雀斑毛孔都清晰可见，没有留白，没有回味，任是再美丽的一张脸，也带着几分恐怖，因为无态。一个回眸，一个侧身浅笑，一个背影，就够了。

导演王家卫的电影，真是把女人的态发挥到了极致。《花样年华》里，张曼玉光旗袍就换了十几套，古典的旗袍，再配上迷离昏暗的灯光，若有若无的音乐，男女主角的侧影，恰到好处地演绎了中年人内心幽微暧昧的情愫。好看的东西都是要往里收点才有余味。比如未开的花，默默暗恋的情。

女人的态，是这样一种无形的东西，有诗的灵性，有画的意境，有水墨的写意，有夜色的朦胧，有风的不可捉摸。张潮说得好："楼上看山，城头看雪，灯前看月，舟中看霞，月下看美人，另是一番情境。"女人的态，便是这另一番情境。这种美是欲辩已忘言的，惊鸿一瞥间，已踪迹全无，只留怅然。

　　所谓正在有情无思间。唯有情而已。

人生的闲笔

三年前，因身体患病辞去工作，无奈加入了全职主妇这个大军——之所以说是大军，是因为在西北小城，全职主妇的队伍实在庞大。不上班后，时间观念不强，连何时失业的都记不大准了。从前的我，那可是分秒必争的，起床，吃饭，赶路，统统以分计时，甚至精确到秒。

当地因经济落后，人们思想意识保守，还存在着男主外女主内的传统家庭模式。男人在外挣钱，掌管全家财政大权，女人在家围着锅台孩子转，有的女人都很少出门。这样的结果导致女人只能是唯唯诺诺，仰人鼻息，看男人脸色说话。

在西北很多家庭主妇的心里，全职主妇就是全职妈妈的代名词，她们没有自己的爱好与追求，一双眼就是盯着孩子。孩子的吃喝拉撒学习，全部事无巨细，大包大揽。她们完全没有了自己，她们的名字，只是某某母亲、某某婆娘。这样的女人，衰老总是提前到来，不是容颜的老，是心灵上的枯萎。

那天，在孩子的学校门口，见到一个形容枯瘦、满脸皱纹的老太太。问她多大了，说50岁。我倒抽一口凉气，心里涌上无限悲凉，不过 50 岁，却已给人灯枯油尽的感觉。我问她平时都干些什么，她说只是来回接接孙子，其实孙子已经不需要接了，可是她实在觉得无聊。她说自己跟着掌柜的做了一辈子饭，除了家务就是孩子，精神上也寂寞空虚。

难怪她会显得这么没精神。我说："阿姨你知道吗，对于大城市和西方的女人来说，50 岁还是人生的黄金时期，你要让自己活得充实起来，美起来呀。"她羞涩地笑笑说："不行了，已经老了。"

当一个人觉得自己老时，她就真的老了。我想告诉她，我 65 岁的妈妈每天还在练习硬笔书法，那么小的字，必须戴上老花镜才能看清，而且练字又是极考验耐心的一件功夫活。偶尔星期天，还要替爸爸上书法课。爸爸朋友的一个爱人，近 80 岁了，还在学国画。她们都很快乐，每次见她们，都能感受到她们心底焕发出的自信与满足。

经常在小区或街上看到年轻女子带着小孩子，一玩就是一整天，而且形成了所谓的朋友圈，每天像上班一样准时汇聚到某个地方，聊的不过是东家长西家短，柴米油盐。她们的时间总是过得很快，转眼就是一天，转眼就是一辈子。一辈子，就在闲聊中度过了，是多么可怕可悲的事——想想都有点怕。我总替她们无端难过。

有些女子，很年轻，不过才二十多岁。这样的年龄，很多人都还在读书求知。可她们总觉得，一辈子就这样了。我不喜欢这样的家庭主妇，没有梦想，没有自我，没有目标，也就没有意义。

黎戈写过一本书——《因自由而美丽》，自由是一件很美丽的事，可是她们却一点也不美丽。当然，这个美丽并不是指外在的容貌。女性内心要散发出一种良性气场，一种对人生美好的感知，从而去影响他人。这样的女性从内到外都会散发出一种精神的活力。所谓的源头活水，才会有持久的生命力。

我自己是家庭主妇，但不是无所事事的主妇，也不是一天到晚盯着孩子、警惕着丈夫的主妇。我有自己心灵的空间与精神世界，有自己独立的思考与想法。春天来了，我会去看我喜欢的树；下雨了，我会临一会儿书帖，即使置身厨房，我也会边做饭边瞄几眼我喜欢的书，那样炒出来的菜也有一种特别的滋味吧。

喜欢女作家丘彦明那样的全职太太。因病不能工作后，她选择在荷兰定居。她画画、写作、种花种菜，把生活过成了田园牧歌式的浪漫。李欧梵赞她是当代芸娘。其实上班与不上班不过是换个地方而已，像屋内与屋外的区别，只要有追求有梦想，有自己的一小块精神领域不被琐碎的生活蒙尘，在哪里都一样。

作家阿城说："古人写文章最是闲笔好，令文章一一荡开来。"荡开来的感觉是余味是补句，才有灵气。全职太太便是这人生的闲笔，应该让自己从琐碎、庸常的生活中荡开来，活出一种余味，一种灵气。闲，要闲的有滋有味，要使这生命的留白显出美学的价值。

我的邻居总说我看起来很忙，她们疑惑：一个不上班的人有什么可忙的？不聚众，不聊天，不打麻将，不美容，有什么忙的？我承认，我们都是全职太太，可我不属于她们的圈子。

我对我目前的生活很满意，不必急着去打卡签名，走到哪里，想停下来就停下来，不用去伺候各路脸色，没有令人心烦的人际摩擦。想唱就唱，想跳就跳，想写就写，想玩就玩，我要这样快乐到 100 岁。

我要活成张充和、杜拉斯那样的女人，到老了也要美着、爱着，让生命时时充满风的鼓胀、饱满。

你好，秋天

西北的秋天，格外的像秋天。一场雨之后，天就完全凉了下来。

想起在书中看到的一把古琴，侧面刻着两字：秋籁。只此两字，秋声秋韵便如在耳边响起。秋籁，一定是空灵的，有仙气，唯有古琴方可奏出这等韵致。空谷回音，万物静美。

听了一下午古琴，管平湖的、李祥霆的、巫娜的，一首首听过去，好像树叶纷纷都落下了，厚厚的，堆在深山古寺。流水自顾自地流下去，心里有了凉意。薄薄的，像撒了霜的月光。

院子里的花，呈现出一派黄昏似的暗淡与萧瑟，像陈年积压发黄有渍的情书。有些叶子虽仍努力地绿着，却像在强颜欢笑。是一个到了中年的女子吧，小半生的光阴过去了，余下的唯有那些葱茏的回忆。

而回忆，是一件多么不堪的事。无论幸福或悲欢，都是曾经沧海了。把旗袍裙子一件一件地叠进衣柜，是夏日的一段香，带着芬芳的记忆，锁进回忆里去。

今年夏天，开始莫名喜欢改良的旗袍裙子，有初恋的心情。一件件不知足地买着、穿着，走在街上，仿佛能嗅到旧时代民国的气息。弄到许多人问我，为什么这样喜欢穿旗袍？

喜欢，真的是一件莫名其妙的事。我说不出理由，就像是突然发现了一个日日常见的人的好，可是不知道好在哪里，只是一味地喜欢着。可是，夏天过去了，这样的心情也成了过去式。今年买的淡黄细纱蚊帐不过用了一个多月，也要收起来了。蚊子的记忆虽无美感，但因了这轻愁似的纱帐，因它笼住的那些月光、虫声、露滴，一切皆美好起来。

早晨，出去散步，要披件厚外套。我始终不能像当地人那样皮实。在老地方，绕湖漫步，和一些人迎面碰上，一对总手牵手的年轻夫妻，一个两鬓飞霜的老人，一个总是在跑着的中年男人，一个骑单车的少年……是一些老面孔了，从未说过话，却不觉得陌生。

在这狭小的天地里，日复一日地擦肩而过，日子的流水使这擦肩的情意也日益厚实。有些人，注定只有擦肩的缘分。而有些人，注定只有一面之缘。

忽然想起今夏在寺庙里遇见的修行者。王安忆在《男之俊》一文里说，她见过的最好看的男人是僧人，因为无欲无求，显得清奇异俊，自有一种洒脱。长年吃素的人，身上有草木的清香，面容亦有一种素淡之美。这样的描述，我在年轻的修行者身上看到了。用"慈悲"一词形容再恰当不过。相形之下，更显出我们尘世之人的俗气来。

那时，寺内的牡丹花开得正好。我一人在寺内漫步，请他帮忙拍张照，就闲聊起来。他说，看我与佛有缘，想邀我一起去听普陀山主持的讲经。我因有事没能去成。以后，再未见过那年轻的修行者。现在想来，修行的人还真是有种超脱的气质，那种清奇异俊，又岂是吃荤的凡夫俗子可以达到的？

秋天，这里的天气大多是阴暗的，仿佛随时会下雨，却又迟迟不下。人的心，也是暗着的。可我喜欢这样的暗。夏季读书写作，因阳光强烈，总会把窗帘拉上。现在，光线正好，仿佛总在青色的薄暮里，这一点欢喜，是那青色上的花朵吧，有钧窑的气息。烧制过的瓷器，经过岁月，已经冷了。

故乡，也是秋天了。可是，那里的秋，不是我想象中的秋。时间，让我们有了距离。我是这广袤大地上的、永远的异乡人。异乡人的秋，最像秋。

院子里，有几朵红色的花，努力地开在晨曦里。女儿问："它们是什么花？"我说："它们叫朝颜。""朝颜？"女儿有些不解。"朝颜，是一种只在早晨绽放的花，下午就凋谢了。"

朝开暮合，水流花谢。时间与光阴，两两相忘。

夏日最后一朵玫瑰，在我语言的意象里，像个比喻，轻轻地落下来。竹久梦二在《病床遗录》中写道："倘若告别的话，愿死在秋天，因为可以收集落叶。"

人生，就像君特·格拉斯笔下的"剥洋葱"，一层层地剥下去，到最后，什么都没有，只剩两眼泪。

晒月亮

这两年，因为经常坐着看书写东西，运动少，很多衣服简直不能穿了。看来减肥是女人终生的事业，这话一点不假。

女儿送我一根跳绳，紫色的，像好看的橡皮筋。每夜的月光下，多了一个跳绳的女子。远处看，像是在跳舞。这也是一种舞蹈。月光下，一个人的舞蹈，和寂寞对峙，和夜色共舞。

偶有路过的夜行人，走近，停下，与我对视。暗中的对视，有凛凛的敌意，彼此都有小小的惊吓。离开白昼，我们都是飘忽的幽灵。

我知道，在周围人眼中，我是个另类。不经常出门，偶尔出门，必定奇装异服；极少与人交流，总是独来独往，打交道最多的是送快递的。以后，他们会再加上一条：那个独自在夜色里跳绳的女人。

据说歌星迈克尔·杰克逊常于午夜一个人去骑旋转木马。一个人，午夜，冷而蓝的月光，旋转木马。这是怎样诡异的美？或许还有些凄清。然而，他是多么快乐、自由。不用戴面具的快乐，不必去迎合观众的自由。这种旋转在风里的感觉是多么美妙，如杜鲁门·卡波特写的："去想无关紧要的事，去想想风吧。"

心有猛虎，细嗅蔷薇。猛虎都是独来独往的，有一种与生俱来的傲气。

别人晒太阳，我却晒月光。月色里，一切都变得异常温柔起来，野猫迈着它的绅士步子慢慢走过我身边，有几分孤独与失意。流浪狗也比白天安静了许多。楼上有人在练琴，大约是刚入门，老是重复同一个音。若不是于夜色中听，我必定不能忍受。此时听来，也是温柔的月光曲了。

月光下，我仿佛变成了一只猫、一只狗，或者一棵树，以动物或植物的心态在大地上舞蹈，跳跃，是一种本真的呈现。作家毕飞宇在一篇小说里写道："黑夜才是世界的真性状态。"

跳绳的时候，我会偶尔走神。心根本不在绳子上。我会想王小波给李银河写的情书，一开头就说："你好哇，李银河。"每次想到这个开头，我就在暗中发笑好一阵。看见有人走来，我就憋住，等那人过去了，我再笑。

我又想起作家刘心武形容第一次见王小波的情景，他说王小波看起来又高又凶，把他给吓住了。想起这些，我就又笑，把那个在墙头踱步的猫吓得一溜烟消失了。

我有些得意忘形，在月光下，张狂如李白。又想起李白和他的月亮了，他说，清风明月不用一钱买。这家伙，比我还狂。我想和他吆五喝六地喝酒，一醉方休。想起苏轼的月，今夕是何年，又悲从中来。"挟飞仙以遨游，抱明月而长终。知不可乎骤得，托遗响于悲风。"

停下来休息时，我会抬头去寻觅那轮月亮。它总是静静悬在楼房的一个角上，像是某个窗口里飘出的气球，或者一盏夜读人的台灯。温柔而平静的光，包裹了整个大地，仿佛把这个城市也带回了遥远的历史中去，可以是任何一个朝代，唐朝、宋朝，或清朝。

这大地上的一切，不过是时间的倒影。而我在这倒影里，自由地，随意地散步。飘飘乎如遗世独立，羽化而登仙。

我常在这样的月光下走神。凝视一棵树，想起博尔赫斯的诗句，小津墓碑上刻的那个"无"，侯孝贤的咖啡时光，贾樟柯的山河故人……夜色里的我，怅然若失。是的，每个人都只能陪你走一段，没有谁是他人的永恒。

月光下的思路，如此清晰。条条直逼内心，令人不能逃遁。如水月色，滋润出丰茂细腻的情感与思想。这是我的月亮，唯一的月亮。比江南的月亮丰满厚重，充满冷冽的骨感之美。如一块小小的稀有金属——美、冷。有岁月的沧桑与丰沛。

晒着这样的月亮，真好。

世间最好看的风景

一

我喜欢看世间的风景。虽然我每天出去的时间并不多，但每一次都足饱眼福。

从我家到菜店，不过百十米路远，我每天最少要走两次。这百十米的风景，便够我回味了。千万不要以为我说的风景是什么秀丽山川之类的，我所谓的风景其实是人。贾平凹先生说，世间最好看的风景是人。张爱玲曾写过《道路以目》，把尘世之人的种种情状刻画得入木三分。

我也喜欢看人，尤其是女人。每个女人都是天地间的尤物，是她丈夫眼中的西施，是儿女心里的神。所以再普通的女人也是接近神性的。

二

长期的观察经验，使我能从她们的步履急缓及神情姿态判定，她们是家庭主妇或职业女性。小区里有许多家庭主妇，她们走路的步伐是从容缓慢的，永远没什么要紧的事，四平八稳地就那么逛着，像逛庙会或集市，东瞧西看，脸上写着大大的"闲"字。百米远的路，她可以走上大半个上午，遇见什么人都像被胶水粘住了，即便是关于今天什么天气之类的话题，也可以说上个把钟头。她们总能找到话题的，小孩的尿布、娘家的一堆忧心事、丈夫的不争气，可以像一部电视剧那样精彩地演绎。所有的导演都该到街上去听婆娘媳妇们谈天，不愁没有好的电视剧。

而职业女性要干脆利落得多，穿着也亮丽，高跟鞋踩在地面上，那一连串清脆的嗒嗒声，有几分匆忙焦急，也有几分得意。她们是没有时间和人聊天的，通常见了人不过微微点下头，尖尖的下巴仿佛被油烫了一下，瞬间扬了起来。白领总是有小小的骄傲。

三

有一天早晨，去湖边散步。见一个穿深蓝牛仔衣的年轻女子蹲在路边哭。因为背着身，无法看清她的脸，但感觉是个清秀的女子。我便没来由地同情起她，不管什么原因，她一定是委屈的、痛苦的。而每每遇到女人落泪，人的心理大多会归咎于她的丈夫。一个女人，在这大清早的草丛里哭，除了爱情与婚姻，怕也没别的理由了。女人，只有男人能伤着她。

我一路走，一路恨起她的丈夫来。不管什么理由，一个让女人伤心哭泣的丈夫绝对不是好丈夫。转了一圈，回来时，她还在那里哭。我心里想，这个早晨，这些花花草草因了她的泪而更生动了。我喜欢会哭的女人，那些从不掉泪的铁娘子我不喜欢，那不是纯粹的女人。

想起大学时文学老师的话，那天课上她突然问我们："看到树叶落了、花凋了，你们还会哭吗？女同学还会不会哭？"结果我们全都嘻嘻地笑起来。老师有些失望地说："真是不可救药的一代，连哭的功能都丧失了，还搞什么文学？不会哭的女孩还是女孩嘛！"老师的意思当然不仅是指哭，而是希望我们有真性情。女人要活成一首词，有小女子该有的多愁善感，有情怀。

四

有一次，见识过一个骂街的女子。中年，肥胖，一脸横肉，凶相。好像会骂街的女人全都有一脸肥肉，而势利女人永远是狐狸相，尖嘴猴腮。那胖女人两手叉腰，满口脏话，看的人越多她越有气势。可是周围并无人接她的话茬，她像在对着空气骂，没有对象，可是自己却很卖力。

小时候，村里经常有这样的现象，有时是男人，长得挺俊的男人，一骂街，便一文不值了。作家毕飞宇说，他最讨厌会骂街的男人，即便那人伸出手，他也不会同他握的。他果真这样做了。

街上，有各种各样的女人，胖的、瘦的，高的、矮的，衣香鬓影，五彩缤纷，是大街上的一道风景。可是，永远不要做骂街那样的俗女人。

五

大凡女子，你若直视看过去，从上到下打量她一番，她是不敢与你对视的。即便是对视那么一秒，她也会赶紧避开。盯她一个地方超过两秒，她会更害怕，以为哪里不合适了，总要耷一下的。这真是有意思的事。

每每看到漂亮女人，我便会在心里替她构思一个美丽的爱情故事，替她选一个韩剧里那样帅的男友。而对于不那么漂亮的，就做她的配角。我便这样构思着自己的小说，兴冲冲地度过一天。

其实，最好看、最耐看的是老太太的脸。那张脸，本身就是一本书、一幅画。岁月的山山水水，枝枝叶叶，是她最好的素描。每当有花白头发的老人从身边经过，我总要专注地看上几眼。她们没有年轻美女们的害羞与慌乱，没有青春气盛的傲然与不屑，有的只是淡定与从容，悠然与慈悲。

美也好，丑也罢，你看也好，不看也好，反正她就在那里。就像山在那里，树在那里。这是生活淬炼后的，来自时光深处的优雅。人越老，眉目越接近佛相。因为懂得了放下。

世间最好看的风景，是人。我在这风景里游走，思想，并且活着——活成自己想要的样子。

开车记

　　今天，陪英子练车。仅有半年驾龄的我，俨然一个教练的样子。半年的驾龄，却让我从中明白了很多东西。我告诉英子，刚开始开车时，我几乎每晚都会总结得失，失在什么地方、下次如何改进。侧位停车，哪一点还不够完美，我会在心里琢磨，争取达到最佳。听我这样说，英子还觉得可笑，认为有点小题大做了。其实，再小的事情都有学问，有讲究。开车，更是一门学问。不只是简单地开，驾校教练只负责教会你技术，而技术之外的东西，更需要掌握。比如文明行车、人的修养、品行，等等，这就牵涉到人性深处的东西。

　　开车，和对待生活是一样的，消极、懒散、疲惫的人开车是一种样子；乐观、向上、专注的人又是另一种状态。经常看到一些人，漫不经心地边开车边打电话，车子慢腾腾地从左晃到右，不让路也不好好走。任凭你急得火烧眉毛，他就是一直不紧不慢地煲电话粥。还有一些人，虽手握着方向盘，表情却了无生气，麻木、僵硬，把开车当成苦差事，毫无乐趣可言。我却时时对我的车保持着热情与爱意，把它当朋友，当旅伴，每次和它出行，都仿佛是一次小小的旅行。流动的空间，放着怀旧的老歌，欣赏着尘世喧闹或安静的风景，真是有滋有味。它感到来自主人的快乐，它便也快乐、自如起来，怎么走怎么顺。

开车可以看出一个人的品格与胸襟。这半年来，我更是感受多多。一辆车里分高低。有的人自私，有的人霸道，爱占个上风，狭路相逢时他必须先走；有的人报复心强，见你超过他，便会猛踩油门直到把你远甩脑后才算罢休；有的人爱出风头、炫车技；有的人心胸狭窄，见你要变道，偏就不给你让一条缝；有的人没素质，要变道或拐弯一声招呼不打，就斜冲过去，给后面的人一个措手不及，转向灯于他们成了摆设，如果后面的司机不眼尖脚快，非有好戏上演不可。经常看到直行和拐弯车相撞的事故发生，若是任何一方有宽容礼让之心，事情便可避免。在驾校考试宣誓时都很庄重，驾照一拿到，学的知识全抛脑后了。

刚开车时，朋友开玩笑说我："你还挺能呢，很多女司机爱把油门当刹车，脑子总短路，你倒是技术过硬！"网上时不时有关于女司机的搞笑视频，今天车上树了，明天车又掉河里了，弄得人们见了女司机开车便躲老远，生怕她们大脑一时短路，把油门当刹车。夸我能我高兴，但我决不逞能，有些时候，还是谦虚一些好。其实，无论男女，只要专注、细心，不争不抢、不急不躁，一般都不会出问题。我老公也跟别人吹牛，说他只见过两个好司机，一个是他的朋友，另一个就是我。这话传到我耳里，让我有点惊讶，因为他对我的车技从来都是挑剔的。他不当面夸我的原因，是怕我飘起来，有了自负心理可就适得其反了，还是多敲打一下好。其实我知道他所谓的好，应该是我的小心、细心、用心。不像他某个朋友的媳妇，都是老司机了还天天把车身剐蹭得像"马蜂窝"。

每天，出门前，我都会换上舒适的平底鞋，鞋底薄厚要适中，然后在心里默念一句话，一定要小心，把心态放平和。实在想穿高跟鞋，就在车里预备一双。遇人宁愿多等上半分钟，也不抢那一秒。到十字路口，不管有没有摄像头，不要抢黄灯，更不要闯红灯。在城郊无摄像头的十字路口，经常看到有车呼啸着闯过红灯，我总是为其担忧。遇到走错道想要从我车前变道的车，我总是留出一定的空隙让其尽管驶入，以免影响后面的车。能给人以方便就尽量去做，哪怕是一丁点的便利。

记得今年春节，开车回娘家。大年初一的夜路，高速路上一片漆黑。一辆辆的车都像是拼着命地往家赶，那份急切从车速上便能感觉出来，有一种剑拔弩张之感。进了一个隧道，前面有一辆载重大货车本在快车道上，但很快给我们让了道，老公按喇叭以示谢意，对方也长长地回应了一声。仿佛是两个人在一呼一应地说着，谢谢，不客气。老公说，在这大年的夜里，遇到这样的回应真是感到温暖。他告诉我，喇叭也是一种语言，它能传达出许多内容，关键看司机怎么使用了。心存善意，懂得感恩的人，时时都能感受到来自他人的温暖，即便是在这样的夜里。那一瞬，我感觉老公给我上了一堂生动的课，不只是开车，更是如何做人，如何生活。颠簸在茫茫黑夜里的我，再次感受到如年味般浓浓的情味。

有人会说，这么小的细节也能让我生发如此多的引申与联想，殊不知，细节里有大美，细节更可看出一个人的品质与襟怀。细节甚至可以改变人的命运。

下午练车回来，帮英子停好车。打开车门的一瞬，看到我以前驾校的教练正站在那儿，笑眯眯地看着我。我又惊喜又激动，叫了声："师父！"像孙猴子见了唐僧般亲切。心里有一些说不出的复杂感受，好想问一声，师父，你对我的表现还满意否？

四辑

寂/静/欢/喜

像一片蓝那样

与"孤独"相遇

凌晨四点多，莫名醒来，了无睡意。凌晨的寂静与清醒使我想起白天所读的书来——哥伦比亚作家加西亚·马尔克斯的《百年孤独》。此时，那些文字从心上流过，仿佛挟着一颗颗细小沙粒，一点点磨蚀着我敏感的心。而我在凌晨的幽暗中睁大双眼，仿佛置身于一个空旷寂静的博物馆，正在目睹世间最悲哀、最盛大的孤独。此时我也是一个孤独者，无数的风声伴着深冬的寒气，一齐向我涌来。

朋友说，他最近在读这本书，想知道何谓"百年孤独"，这究竟是怎样的一种孤独。于是我也把它从书柜中翻出，决定重温一遍。在这个死寂的凌晨四点的时刻，我把自己和一本书的前世今生都想了一遍。

之所以说重温，是因为六年前我断断续续读过，但始终没有读完。读此书的缘起，和我那段时间的经历与心境有关。那大概是我生命中最灰暗最低谷的一段岁月。种种辛酸，不足为外人道。一个人带着孩子住在租来的一小间民居里，常常面对空空四壁发呆，感到孤独无助，有一种身处绝境的茫然。漫漫长夜，只觉前路茫茫，看不到一点光亮，不知未来等待我的将是怎样的一种人生。

有一天，忽然在书店发现这本书，暗红色的封面赫然衬托出那四个醒目的字——百，年，孤，独。我仿佛是一字一顿念出的。以前也知道这本书，但从没像此时此刻这样，突然感受到它撞击到心口上的那种尖锐感。一本书和一个人的相遇也是讲究机缘的。它恰好出现在我最孤立无援的时刻，仿佛是冥冥中递过来的一根拐杖、黑暗中为我打开的一扇窗，甚至更多。我从它身上获得了某种难以言说的安宁与宽解。也许是它的名字暗合了我当时的心绪与处境，于是决定买下，想从深层次去探究我们该如何面对孤独，品味孤独，从而给自己找到某种精神上的力量。

每天孩子去上学后，我就坐在窗前读。窗外有几棵高高的白杨树，当时是初秋天气，每到黄昏，就有阵阵风声敲击窗棂。古诗里说"白杨多悲风"，以前总奇怪为什么白杨树吹过的风会有悲声呢，此时才真正体会到了。特别是夜晚，那风声听起来更显凄清。灯下，一个孤单的身影，一本叫《百年孤独》的书。那情景，一辈子也忘不了。

因为时间零碎，心情不佳，我读读停停，被书中相似的人名、庞杂的事件及它的魔幻现实主义写法搞得抓狂，以致边读边忘，简直是"枯枝败叶"式的毫无头绪。只大概知道这是一个叫布恩迪亚的大家族几代人的传奇奋斗史，也是这个家族每一个人的孤独史。这个家族的成员身上发生了许多无厘头的故事，让人啼笑皆非，又莫名其妙。只读了三分之一，还没真正进入故事的核心部分，我便搬离了那里。以后就再也没有打开过。

一晃几年过去了。如今，在朋友的启发下，我又翻开了这本封面已显陈旧的《百年孤独》。这些年，它被弃置在书柜一角，确乎有些孤独，一如它的名字。而它也似乎安然于被遗忘的命运。似乎马尔克斯所有小说的主题都和"孤独"有关，《没有人给他写信的上校》《枯枝败叶》《最美的溺水者》《霍乱时期的爱情》，而那个叫马孔多的小镇，也成了他小说中最鲜明的坐标。那是一座奇异的小镇，有着海市蜃楼般的奇幻景象，是受梦的启示而建立的小镇。也就是说，它是一个根本不存在的地方，也许它只是作者笔下的一个隐喻。

奇怪的是，这次一打开书便被这个奇幻小镇吸引，一点点深入它的内部，去认识其中的每一个人，目睹发生在他们身上的离合悲欢，竟感同身受，亦有切肤之痛。那些人物好像也不是书上的了，仿佛就是我身边的亲人朋友，或者就是我自己。我发微信告诉朋友："也许时间和阅历是最好的老师。他会让你突然理解最复杂的生活命题，所有的人生谜团因此迎刃而解。"时间的积淀让我获得一种无师自通、豁然开朗的超体验能力。

张爱玲说，我不喜欢壮烈，我是喜欢悲壮，更喜欢苍凉。这部书的整个故事就是一部悲壮史，更是一部苍凉史。当整个飓风卷走这个蜃景般的小镇，一切过往都不复存在时，大地陷入一片静谧。这静谧又是一种蚀骨的孤独。巨大的孤独，无处不在，无所不在。

美国作家理查德·耶茨写过一部小说集《十一种孤独》，在《百年孤独》里，何止是十一种孤独？每个人都有自己的泥淖。那个不停织着寿衣，永无休止地织了拆、拆了织的阿玛兰妲；还有永远封闭在实验室里不停制作小金鱼的奥雷里亚诺上校，他每天只做两条，做够二十五条就放进坩埚里融掉，重新做，如此反复。就像西西弗斯不停推动的那块巨石，无始无终，有一种静默的悲壮，无声的力量。真正的救赎，是在痛苦和苦难中找到生的力量和心的安宁，所以上校"在乎的不是生意，而是干活本身"。

干活本身就是一种精神的愉悦，不需要附加任何外在的意义。

但是年轻时，他也曾拥有狂热的爱情和梦想。他爱上了年仅9岁的蕾梅黛丝。有人说，最美的爱情只存在于想象中。那段浪漫的想象也许是奥雷里亚诺上校一生中最幸福温情的时光。且让我们欣赏这微妙动人的描写："她的影子正折磨着他身体的某个部位。那是一种肉体上的感觉，几乎在他行走时构成障碍，就像鞋里进了一粒小石子。""他把诗句写在梅尔基亚德斯送他的粗糙羊皮纸上，写在浴室的墙上，写在自己的手臂上，而所有诗句中蕾梅黛丝无所不在，蕾梅黛丝无时或缺。"鞋里进了一粒小石子是什么体验呢？如果你恋爱过或正在恋爱，就会懂得这是一种怎样的感受。年轻的奥雷里亚诺上校心中充满了爱意，此时孤独还不曾侵袭他的心灵。可是，当蕾梅黛丝突然死去，他的内在生命也戛然而止。他日渐衰老，足不出户，与世无争，与外界隔绝——只有小金鱼，是他与外界的唯一联系纽带。

"如果你认识从前的我，也许你会原谅现在的我。"我想，我也懂得了这样的奥雷里亚诺，他的孤僻、冷漠、离群索居，他年复一年日复一日地重复着同一个动作，剩下的唯一梦想就是被人遗忘。以前那个热情有梦想的他已经死掉了。

梅梅与黄蝴蝶的故事，像是一个凄美的传说，就像是点起一炉香所讲的一个遥远的故事。它让我想起了梁祝。每次当他出现，就会有一群黄蝴蝶飞舞而来，那仿佛成了他们恋爱的信物与象征。当环绕头顶的蝴蝶一个个相继消失，注定她的恋人也要在痛苦与孤独中死去。梅梅的爱情也随之结束。她最后的归宿是修道院。我想象过那个幽深寂静的修道院，那个貌美如花的女子，她终生不发一言，以此纪念她的爱人。

丽贝卡，这个以吃土为生的女子，在经历了两段不如意的感情后，更是以孤独为界，划清她与尘世的界限，画地为牢，独守一方天地。她住的房子破败到什么样子呢？书里是这样描述的："门板靠成团的蛛网勉强支撑，窗框受潮卡死，地面长满杂草野花，其间裂缝成为蜥蜴和各种爬虫的巢穴，一切似乎都证明这里至少有半个世纪没人居住过。"而她穿着上个世纪的衣服，使用着早已不再流通的硬币。她晚年时别人只在街上见过她两次——头戴缀有细小假花的帽子，脚穿古银色的鞋子，穿过广场到邮局去寄信。完全是上个世纪的装束。

这个场景倒使我想起晚年的张爱玲。晚年的张爱玲基本不见人，过着离群索居，昼伏夜出的独居生活，为了摆脱一种所谓的什么虫子而不停地搬家。她一次会买很多食物，然后很多天不出门，房间里只有电视一天到晚地响着。还有美国女作家梅·萨藤，在声誉正隆之际，选择到海边独居。她没有婚姻，没有孩子，阅读写作、侍弄花草是她的日常。在这种与世隔绝的环境里，她写出了《独居日记》，这本日记体的作品至今仍受人喜爱。前几年我在网上搜这本书，已绝版，只好买了复印版的。就在写此文时，又试着搜了一下，竟看到又有新版面世了。好的作品就是这样生生不息。惊世的才华使她们把自己活成了一座孤岛，在别人看来完全不可思议的行为，她们却安之若素，心安理得。孤独对于她们的生命，是一种锦上添花的福气吧，是一种精神的富有与饱满。所以《圣经》上说："清心的人，有福了。"

孤独与寂寞不一样，寂寞会发慌，孤独则是饱满的。像那原野间成熟的谷穗，成熟与孤独使它们低头沉思，显出一种沉静的美。你能说孤独不是一种美？

沈从文的后半生，把自己沉埋进中国历史的长廊里，只有岁月尘烟里的文物静静伴着他。服饰、刺绣、陶瓷、漆器、花花草草、坛坛罐罐……唯有它们懂得他的孤独，唯有它们不会伤害他。这是他的选择。

亦想起邻居家的一位老人。我想，她年轻时一定是美人，七十多岁的人，虽满头白发却显出一种文静的气质，大眼睛里依稀有昔日的风采；她显得落落寡合，很少和周围人闲谈，偶尔坐在她的三轮车上看报纸。我就听到周围有人议论，说她是外地人，年轻时如何能干，家庭条件优越，是大家闺秀之类的话。她很古怪，自有一种清高，一般不和别人说话，当她跟你说话时，一定是不得不说的事情。我在顶楼住，她在一楼，有时我晾在外面的衣物会飘到她的院子里。她就替我先收起来，小区里碰见时她就把衣服拿出来给我，也并无多余的话。只有一次，她说，你自己过来到院子里取吧。那是我第一次进她的房间，天哪，我仿佛是走进了一处幽暗的小型博物馆，地上堆满了瓶瓶罐罐，还有叫不出名字、看不出用途的杂物，光线幽暗，气氛压抑，有一股发霉的气息，而她站在客厅里，显得那么瘦小，像个天真的小女孩。她把自己也活成了一件文物，是旧时光里的美。令我想起《百年孤独》里的那句话：幸福晚年的秘诀不过是与孤独签下不失尊严的协定。

生命和艺术需要活出一种孤独感，像年深月久的器物上那层包浆，孤独使生命拥有别样的光芒。没有活出孤独感，你甚至不配听《广陵散》。嵇康说，不是每一个人都配听《广陵散》的。所以他宁愿让它消失于天地间；没有孤独感，你甚至不配饮美酒望明月，也只有李白那样的人，才能写出一个"独"字的境界；没有活出孤独感，你也读不懂《红楼梦》，顶多是附庸风雅而已。我也遇到过很有知识的人，却怎么都读不懂《红楼梦》，他搞不懂贾宝玉的绝望，更不理解林黛玉的孤傲。作家刘心武在一篇文章里这样写道：绝无惆怅感的人也许非常不凡，但必定非善良之辈。把这句话套在孤独上同样适用。

这么多年的异乡漂泊，与文字相晤，我也曾一次次与孤独劈面相逢，每每狭路相见，总有似曾相识、仿若故人之感。那些白茫茫大雪里独自行走的欢喜，午夜梦回时泪落如雨的悲伤，穿过少年时的苹果园知道再也回不去的惆怅，和你挥手再见知道永不会再见的绝望……我把它们称为"生活的恩赐"，体验着它们带给我的巨大孤独的同时，也体验着灵魂一点点丰盈的欢悦。如惠特曼在诗里写的："在路易斯安那我看见一棵活着的橡树正在生长/它孤独地站立着，有些青苔从树枝上垂下来/那里没有一个同类，它独自生长着/发出许多苍绿黝碧的快乐的叶子。"

在孤独中，我读懂了尼采、叔本华这些人，读懂了《百年孤独》《红楼梦》《过于喧嚣的孤独》这样的书，也读懂了生活究竟是怎样的。所以我的孤独，也就不称之为孤独了。

如马尔克斯说的，过去都是假的，唯有孤独永恒。

给庄子的一封信

庄周兄：

也许是离你过于久远了，给你写信总有点忐忑，怕词不达意，更怕我的肤浅不能准确理解你的精神内涵，无法深入你所构建的那片深邃辽阔的领地，唯有敬畏可以表达此时的心情吧。

得知你是我的河南老乡，心里便多了一层亲近。在异乡的土地上行走，也有了底气。你的书一直在不远不近的地方伴随着我，不同的版本、赏析，或在案头、或在卧室的某个角落，随时可以看到。偶尔驻足翻上几页，常有所得，也因读得不够透彻，一时不能完全理解你的本意而沮丧。深奥如你，博大精深如你，而我就是那望洋兴叹的小河，也只能在心底望尘莫及地长叹一声。读读放放，就这样，一路到了中年。

也只有到了中年，才能真正潜下心去读你。经历了春的懵懂无知、天真烂漫，经历了夏的喧嚣浮华、躁动不安，终于到了秋的门槛，所有的色彩绚丽、姹紫嫣红，都只剩下了素色，素心人一个，才能有资格凝视你。

少年读书，如隙中窥月；中年读书，如庭中望月，此时我便是站在庭中望你呀。体会到世事沧桑、人情冷暖，也才能站在你面前。人的一生要历经多少萧瑟、荒寒才能真正读懂你？而你如那一泓秋水，带着澄静、通透，只是缓缓流淌，你能容纳、消解下人间所有的不平与块垒。人间的世情百态、起伏跌宕，你早已看淡看透。

羡慕你的潇洒、超脱、自由、任意而行。从古至今，像你一样悠然自得、愤世嫉俗、一意孤行的有几人？你的精神内核里体现的是对自由的向往，对世俗牵绊的超越，下笔千言，汪洋恣肆，嬉笑怒骂，皆成文章。后世多少文人都或多或少受了你的影响，他们得意时便把你抛到一边，失意潦倒时又视你为亲人和知音。

苏轼被贬时也曾写下"小舟从此逝，江海寄余生"的诗句，还有王维的"独坐幽篁里，弹琴复长啸""晚年惟好静，万事不关心"，都与你推崇的精神有千丝万缕的联系。

陶渊明恐怕是你最忠实的追随者，他的那些田园诗就是对你思想精髓的最好注脚："此中有真意，欲辩已忘言。"贾宝玉受了林黛玉的误解，郁闷失意，不得解脱之时也爱读你。

你自谦说自己的文字是"谬悠之说，荒唐之言，无端崖之辞"，这倒让我想起《红楼梦》的开篇曹公说自己的这个故事是"满纸荒唐言，一把辛酸泪"。你也有一把辛酸泪吧，只不过你不说，你用幽默讽刺、嘲笑的态度巧妙掩盖了一切。"天地有大美而不言，四时有明法而不议，万物有成理而不说。"你也不说，你用冷眼看人世，而心肠又极热，以悲慨万端诉之文字。

没有比你更轻视名利的人了。每次，当我深陷人事种种，为此辗转难眠，挣扎其中，不得排解时，便想到了你。庄兄，你实在是一帖清凉散，一剂逍遥丸，只要随意读上一章，内心的郁结便会消除。记得有一味中药就叫"逍遥丸",有"疏肝解郁"的功效,不知可是受了你"逍遥游"的启发?乘物以游心,独与天地精神往来,你让我想到一味叫"独活"的中药,你是孤独的,然而你也因此看到了天地大美。在薄情的世界里深情地活着,说的可不就是你吗?

那天开车去上班,正直行走着,忽然从斜前方猛拐过来一辆小型货车,以风驰电掣的速度冲我这边驶来,我赶紧减速以避让,还是让它先过去吧,遇到这样不顾安危的司机又能奈何?看着它卷起一阵疾风扬长而去,我不禁暗暗为那个司机担忧起来。

在生活、工作中也常遇到类似的场景,为了一点小名小利而争得头破血流,你死我活。而每逢此时我总是选择避让,以淡然之心看待一切。在种种利益名誉面前,我早已释然,在是是非非的旋涡里,我也不再困惑迷失。你连名和利都视为腐鼠和千年死龟,人世的鸡毛蒜皮、蜗角虚名又有什么可斤斤计较的呢?想起杨绛先生译的兰多的那几句诗:"我和谁都不争,和谁争我都不屑。"学会克制,学会释怀,做一个有温度有热度有深情的人,这便是我每每想到你时对自己的提醒。

你又是一个有童心的哲学家。你的处世哲学一点也不深奥,说理浅近易懂,幽默风趣,一个个小故事耐人寻味,启人深思,有时读着读着我就忍不住发笑。你实在是一个太孩子气的人,你梦见自己变成了一只蝴蝶在花丛中翩翩起舞,可是后来你竟不知是你变成了蝶,还是梦中的蝶化为了你。

你看到水中自在的游鱼,就能感知它们的快乐,你才不管别人怎么看呢,你就是要顺应自己的本心。你把惠施的相位比成了一只腐鼠,每次想到鹓雏看着猫头鹰叼着死老鼠飞过发出的那声

"吓"，就忍不住想笑。真正的哲学家一定是有颗童心的。他的眼睛因清亮纯净而有神性，可以看得见一切真的东西。走近你，就是走近了一团真气。

读你，使我时时觉察到自己的渺小与微不足道，每次读到坎井之蛙与东海之鳖的对话，都会使我脸红，觉得惭愧。总觉自己就是那只井底之蛙，不知世界之大，不知天外有天，还盲目地自得其乐，但同时又因你的无用之用而有了几分宽慰、心安。也许自己没有大的价值，但放平心态，尽力而为，不是更好？

你平生的简介很短，生卒年不详。你的官职也只是一个漆园小吏，说白了就是保管员。我不知你保管的是什么东西，但可以肯定的是，你保管了中国历史上最经典、最璀璨的文化。

文化是一个大词啊，它容纳的东西太多了。历史往往是带有嘲讽性和悲剧性的，一个在时人看来渺小的人物却携带着与自己职位不符的巨大光辉，渺小与伟大、矛盾与和谐在你身上得到了完美的体现。你构建了自己的哲学体系，完成了一场伟大的精神与文化的传承。

此时是秋天的尾声。霜降已过，木叶渐渐枯干凋落。恰好读到你的《秋水》。秋水时至，百川灌河。万事尽如秋在水，想象自己就站在这条河的岸边，浩渺的秋水，经过时间的冲刷沉淀，亦如我此时的内心，淡定、从容、平静。在这样的时代，面对各种内忧外患、障碍与挑战，面对生死得失，也许我们正需要这样一种人生的境界，去观照自证，去反思，去超越。所谓静能生智，我们需要的就是这种大智慧。

隔着两千多年的历史风烟，岁月苍茫，庄兄，请允许我向你道一声安好。这问候似乎也是多余的，因为几世轮回，你早已幻化为无形的另一个你，也许是你笔下的那棵无用的大树、那条明净的秋水、秋水之上的小舟，也许是濠河里那条快乐的鱼儿，也许是远处的一座座青山、一朵朵悠悠的白云。独与天地精神往来，是你永远的风骨。这样我是不是就靠近了你一点点？

　　每个人心里都住着一个庄子。我相信。

永远的曹操

读两位女作家的文章，一个说，若生在明清，就只嫁张岱；另一个似是梦呓般地写道，她想嫁给苏轼、张岱、李渔。真是有点贪心啊。女作家的内心总是脱不了那一点文艺情怀，喜欢的人大抵都是有才情的。这几个人物也是我的偶像，大学时迷恋过苏轼，不明白一个青春少女为何会喜欢上一个尘满面鬓如霜的人；后来喜欢张岱，有男性文友评论，张岱太小气，大概是觉得他格局小。男性不喜也在情理之中。

随着时间推移，生活的沉淀，那名单上喜欢的人又会有些许变化。现在我要提到的这个人，从朝代上来说，是要挪到最前面的，他就是"魏武挥鞭，东临碣石有遗篇"的一代英雄曹孟德，汉魏文坛"建安风骨"的代表人物。此言一出，估计会惊倒一大片文艺女子——喜欢他？估计心生疑窦的人不在少数。他似乎不适合做女人的梦中情人，既非风度翩翩、玉树临风的小生，又非柔情万种、吟风弄月的多情才子，更没流传下什么令人羡慕的爱情佳话。不过，我并不是像那些女作家一样有嫁的念头，即使生在汉朝，也仅是想做他的知己。和他对饮的感觉多好啊，可以吟唱"对酒当歌，人生几何"；可以借酒消愁，"何以解忧，唯有杜康"；可以和他谈人生，"忧从中来，不可断绝"。想想都是一桩快事。

在中国历史上，曹操是一个备受争议和非议的人物，世人给他扣了许多帽子，如"白脸奸臣""乱世之奸雄""一代枭雄"，活活把他刻画成一个心机腹黑男。这个形象在民间可谓根深蒂固。我最早知道曹操这个人，也是从民间戏曲电视剧及各种口耳相传的故事里，后来是从《三国演义》和连环画这些普及的书里，故事里的曹操基本上都是"奸雄"的样子。可见他是极民间的、接地气烟火气的一个人物，谁都可以随口讲段他的段子，谁都可以讥笑嘲弄贬损他两句。这是低到尘埃里的曹孟德。这样的曹孟德，打死也不可能让女人喜欢，更别说是文艺女子了。世路无穷，劳生有限。知我罪我，一任诸君。得失功过随君评说，老曹就是这般潇洒。

流传下来的关于他"奸"的故事不胜枚举，如"望梅止渴""青梅煮酒论英雄""割须弃袍""捉刀人""佯装中风"等，但是在我读来，不仅没有觉得这心机之可憎可厌，反而每每被他的歪点子逗引得发笑，觉得他实在可爱有趣。而关于他的"老骥伏枥""割发代首""文姬归汉""横槊赋诗""分香卖履""倒屣相迎"这些典故，又让我读出了一个胸怀抱负、唯才是举、文治武功、有儿女情怀、有温度、有气度的"真男子"形象。

所以曹孟德不仅仅以才华称世，不是又一个苏轼，又一个张岱，不是千人一面的所谓才子可以概括。从人性来说，他确实复杂到了极致。"治世之能臣，乱世之奸雄。"一个治世，一个乱世，这是一个多么矛盾的人啊，又是一个多么丰富，值得挖掘、探究、品味、耐读的人。才子大多是清澈见底的清溪，喜怒皆形于色，而他不是，他是奔涌壮丽奇峻的长江三峡，是横看成岭侧成峰的庐山，是一个多维度的人。

在他的众多角色中，似乎政治家、军事家的色彩更浓些，文学家与诗人倒退居其次，书法家的头衔似是更不为人所知。恐怕这也是他本人的初衷，因为他是那么渴望建功立业的一个人，他生来就是为了要治国平天下的。但是历史的结局与走向，常与本人的意愿相悖。他倾心于政治，但并未以政治而流芳，反而是他最不看重最不在意写下的那几首诗，为其赢得盛誉，而且将一直光耀后世。

看电视剧《曹操与蔡文姬》，到了结尾，曹操临去世时，蔡文姬去看他。他问她："如果有来世，你会跟我吗？"文姬笑着说："来世我会爱上一个诗人孟德。"文艺女神们恋慕一个英雄的本色，说到底，还是这个人的才情。

说也奇怪，古人的字比他的名叫起来要舒服，更有亲和力，类似于小名的感觉，如果称曹操，这个人物的魅力瞬间就减了几分。孟德多好听啊，这么一叫，人的面目就柔和了，多了些许温情。而我更愿意称他曹孟德，仿佛是一个睽违已久的故人。

我是直到上了大学，读文学史，赫然看到他的名字，才算是从文学上真正走近他。初看有点别扭，好像他应该只存在于历史书里，存在于金戈铁马、鼓角铮鸣、刀光剑影、梦回吹角连营的故事里，"挟天子以令诸侯"的霸气威武，官渡之战以少胜多一统北方的英雄气概，仿佛距离文学很远。但他偏偏出现在了文学史里，带着他的两个帅儿子，又骄傲又睥睨的神情，仿佛在说，看我曹孟德，武能定国，文能安邦。看我的儿子们，你们能有一个便是好的。"生子当如孙仲谋"？孙仲谋能赶上我老曹家的？

他留下的诗篇并不多，但文学史从不以多寡定高下，张若虚以《春江花月夜》孤篇横绝压全唐。这就是曹孟德的艺术魅力与人格魅力。想来想去，最喜欢的还是《短歌行》《观沧海》《龟虽寿》这三首。文学史上的曹孟德，是从尘埃里开出花儿来的曹孟德，此花不与凡花同。

幸运的是，后来我有机会在课堂上跟学生一起去赏析他、感知他、诠释他。这是多么幸福的事，这是和他最近距离的接触，走近他的诗，就是走进他的内心。仍然是那三首闪着光芒的诗篇，我在一次次讲评赏析的过程里渐渐靠近了他，懂得了他，"对酒当歌，人生几何？譬如朝露，去日苦多。慨当以慷，忧思难忘"的沉郁慷慨悲凉，"青青子衿，悠悠我心。但为君故，沉吟至今"的多感多思，"日月之行，若出其中；星汉灿烂，若出其里"的阔大抱负与海纳百川的胸襟，"老骥伏枥，志在千里。烈士暮年，壮心不已"的锐意进取与自强不息。

他的诗既有"荒荒油云，寥寥长风"的雄浑，又有"生年不满百，常怀千岁忧"的旷达悲慨。毛泽东评价他的诗："我还是喜欢曹操的诗，气魄雄伟，慷慨悲凉，是真男子，大手笔！"真男子，大手笔，这才是真名士自风流。

电视剧演绎的各种版本的曹操形象，我最喜欢的是濮存昕在《曹操与蔡文姬》里饰演的曹操。那里面的曹操有人情味，也更有诗人气质，符合我心中的曹孟德形象。这部电视剧演绎的是文姬归汉的故事，编剧却把更多笔墨放在了他们的爱情上，当然了，这也许是野史及后人附会，但是曹操对蔡文姬的才华欣赏应该是事实。因为文姬回到中原故土后，又续写《后汉书》，凭记忆默写整理出家中存书四百余篇。可以肯定的是，他们两人有过交集，同为才华横溢之人，惺惺相惜之意应该是有的。我倒真的希望曹操和一代才女能有这么一段真挚的爱情佳话。那么我心中的曹孟德也多了一份人性之美。

当我辗转漂泊于荒凉的大西北，体会到身如飞蓬、命如飞絮的不幸，更由于饮食、风俗、语言、文化各种习惯不能适应，常常身陷绝境般的孤独之中，我再次想到"文姬归汉"这个故事。细品蔡文姬的《胡笳十八拍》，字字句句皆是血泪，仿佛出自我的肝肠肺腑，因为它写出了我的某些隐衷。"生仍冀得兮归桑梓，死当埋骨兮既长已矣。"这也是我心底念念在兹的愿望。我多么希望也能遇到一个像曹孟德这样的英雄，可以让我回到日思夜想的中原。此时，我已不仅仅是欣赏崇拜曹孟德，更多的是一种渴望与仰慕。"知我者谓我心忧，不知我者谓我何求。"蔡文姬此生得遇一曹，乃是她的幸运。

后来了解到曹操在我的家乡河南中牟也留下许多遗迹。著名的"官渡之战"就发生在那里，附近有曹公台、曹操拴马槐、曹公井，还有一条"官渡水"，是当年袁绍和曹操两军对垒相隔的那条河。在贾鲁河畔散步时也发现一处曹公台。有一次和友人相约贾鲁河，我问她在何处等我，她说，在曹公台。可知家乡的那片土地上处处有曹公留下的身影。可是渡我回乡的那个曹公呢？世上已无曹孟德，徒留美谈在人间。

有天晚上，做了一梦。梦见我着汉服，在汉简上写字。一人忽然转过身来，朝着我笑，朦胧中，看到竟是曹公孟德。他说："我在这儿呢。"

曹公何曾随历史的尘烟远去？他一直在呢，即便是在梦里。青山依旧在，几度夕阳红。

一个人的《红楼梦》

红，楼，梦，这三个字，轻轻读出来，仿佛是一首婉约的小令，自有一种绵长的深情。深情如曹公，可以把这本大书演绎得如此经典，是可以让我们用一生时间来读的。

而我自己的经历，应该是从 14 岁开始，惊鸿一瞥它的风姿，直到现在年至不惑，它似乎从未离开过我的视线。快意时读，失意时读，顺达时读，潦倒时读，醒着时读，睡梦里读，它总能恰到好处地抚慰熨帖我的心事，使我一次次觉得，这书中的每个人物都是我的灵魂知己，在不同的境遇下，给予我某种安慰。

14 岁时，第一次看到它，是在同桌那里。同桌是个女孩子，喜欢看书，有段时间整天抱一本厚厚的书在看，书很破烂，封皮几乎要脱落下来，课堂上她也看，走火入魔似的。下课了双目无神，趴在桌上睡大觉。我感到好奇，有一次趁下课，我就问她看的什么书，能不能让我瞄两眼。她就睡眼惺忪地推过来，说她得抓紧看，别人催着她要呢。我拿过来赶快扫了几眼，第一眼，我到现在还记得那第一眼的感觉，用"一见钟情"来形容丝毫不夸张，我对它真的是一见钟情。可知曹公的语言魅力，在你对它一无所知的情况下，竟然仅凭一两句文字便可使人瞬间爱上它。我读了大概两三段，也忘记是哪个章节了，只觉芳香袭人，香风扑面，每个句子都在放射着光芒，如春天里姹紫嫣红的花，晃得人心慌意乱。等到上课时，我才恋恋不舍地还给她。这点小插曲造就了我和这本书一生的缘分。只是恨不早相逢，出名要趁早，相遇也要趁早啊。

俗话说，读了《红楼梦》，就得相思病。可不是么，我在还不知这是个什么故事的情况下，就得了相思病，就中了它的毒。自那之后，我心里便一直惦记着这本书，但在那个书籍极度贫乏的年代，又无可奈何。它就真成了我的一个梦。

再遇见它，已是一年后。那天回家，我看到爸爸的书柜，突然眼前一亮，书柜里不知何时多了一本精致的书。迫不及待地抽出来一看，啊！竟然是《红楼梦》，我又惊又喜，不知道什么时候爸爸也买了一本，竟然没告诉我。原来爸爸也喜欢这本书啊。我尽量让自己的心绪平静下来，珍宝似的小心翼翼地捧在手里，端详了好久，每翻动一页，那清脆的纸页声都令我欢喜不已。

同桌的红楼许是传阅的人多了，封面都没了，所以一直不知道它该有怎样的封面。直到看见这本精装彩色版的，才一睹它的真容。封面上是两个眉清目秀的人儿，一个是公子，一个是小姐，他们并坐在花荫下的石头旁，在看一本什么书，那神情似笑非笑，似悲似喜，又似含情低语。后来才知，他们看的是《西厢记》。"宝黛读西厢"可是书中一个很经典的情节。

这究竟是怎样的一个故事呢？暑假里，带着满肚子疑问，我搬了小凳子，拿了书，跑到隔壁的学校里，躲在一株梨树下读起来。学生都放假了，学校里空荡荡的，只有我在树荫下读书。长夏无人，时间似乎也变慢了，有种天长地久的氛围。而且它的幽静寂寥又暗合了书中的某种意境与审美。真得感谢那个读书环境，现在处处人满为患，再也遇不到那么好的读书环境了。

一个人年少时的熏陶几乎决定了他一生的审美。是的，我最早的阅读就是从《红楼梦》开始的，在那个书籍严重匮乏的年代，我竟然在懵懂未知的最初就接触了一本大书，一本需要终生阅读的书，一本影响我一生的书。这是多么幸运的事。有些人可能终生都不知道何谓经典，而我完全在无意识中一头扎了进去。

要怎么形容呢？少年的阅读奠定了我一生的性情和好恶。我是那么喜欢大观园呀，喜欢它的繁华和它迷宫般的幽深，那些典雅精致的苏州园林般的院子，还有它们别致的名称，潇湘馆、怡红院、蘅芜苑……一一列出来像词牌的盛宴。如春花般争奇斗艳的姑娘们，还有宝玉，一个帅气温柔体贴的妙人，不像身边的男孩子，满口脏话，看着俗不可耐，真是泥做的骨肉。姹紫嫣红，良辰美景，妙词佳句，公子小姐，他们的生活令我眼花缭乱，艳羡不已。我仿佛是站在大观园的门口，看着一幕幕精彩的剧情，羡慕着他们热气腾腾的生活。也常常为宝黛的爱情悲剧而落泪，心里怨恨宝钗。既生黛，何生钗？

磕磕绊绊、半生不熟地读完，我已视宝黛为我的知音了。那个年龄阶段的感情都是爱憎分明的，我最喜欢的是宝黛，讨厌宝钗袭人王熙凤，觉得是她们活生生拆散了宝黛。甚至连带她们的丫鬟，我也有爱憎，喜欢紫鹃的忠诚，讨厌莺儿的多事。甚至我自己有意无意间也有了黛玉的小脾性，为赋新词强说愁，多愁善感，动不动就掉泪，还以此为美。少年情怀总是诗呀。

那时1987版的《红楼梦》电视剧也在播出，邻居家的黑白电视机里虽天天播放着，可是像摆设，他们走来走去，闲聊东家长西家短，对剧情进展毫不关心。以农村人的审美标准看，他们嫌剧情发展缓慢，人物又多得记不住，说的都是无聊琐事，天天是一堆女孩围着一男的，这个男孩还见一个爱一个，那么花心。哪有金庸的武侠剧来得痛快！可我就是默默地喜欢着，我想，他们根本不懂得它的好。

考上大学后，参加了学校里的文学社，社里每月有一个活动主题。有一个月的主题是谈红楼，可以就某个角度畅所欲言。我只是默默听着大家说，有一个女生谈的是柳湘莲的形象，她说柳湘莲是全书里最令人敬佩、最讨女生喜欢的角色。我不以为然，却又羞于在公众场合发表自己的观点。除了性格腼腆的原因，我觉得对红楼的热爱是我一个人的私密情感，那些树荫下的所有美好与情感都只能是属于我一个人的，分享出来只会使它显得苍白枯干，似乎一旦说出来，它就再也不属于我了。后来，不知因何，同学们给我起了个"林妹妹"的绰号，也许是我的形单影只和忧郁的气质？也许是我的文字里总充满一种孤独的哀伤？这个绰号一直叫了好多年。年龄渐长时，又被换成了李清照。总之，都是多愁善感、命运不济的。

在外读书的五年时间里，每年的寒暑假，只要回家，我都会重温一下这本书。也不一定从头细读，看哪一回要看自己当时的心情，当然最爱读的还是前八十回。每次读到第八十一回，想到是续书，心里像是有阴影似的，咯噔一下，兴趣索然起来。次数多了，就形成了心理暗示，总觉后八十回写得不如前面好。只有几个精彩部分反复认真读过。张爱玲说人生有三恨：一恨鲥鱼多刺，二恨海棠无香，三恨红楼未完。这大概是每个爱红楼之人的恨吧。

三十岁之前的阅读，反反复复，不知读过多少遍，最关注的还是宝黛钗的爱情。踏入社会，工作之后，面对无情的现实，一次次撞南墙的经历，对书中的很多东西都有了更多的理解与共鸣。"假作真时真亦假，无为有处有还无"的无奈，"世事洞明皆学问，人情练达即文章"的警世之语，《好了歌》的悲凉，《红豆曲》的深情与哀愁，黛玉葬花的凄美，大观园的没落被抄，宝玉的悬崖撒手，书中人物的命运，那些判词与谶语，都使我每每下泪，深感人世之无常。读红楼，更多读的是无常，无常的人生，无常的命运。"满纸荒唐言，一把辛酸泪。"这荒唐与辛酸，又使人为之悲慨万端。

恋爱时，男友买过一本《〈红楼梦〉诗词行书字帖》，他说那字不错，我平时可以练一下。我练得最熟的应该是开头那几首诗，每次写下"石头记"三个字，都有一种悲欣交集，仿佛看见大荒山无稽崖青埂峰下那石上历历分明的字迹。天地荒荒，多少无稽之言，多少荒唐之事，多少情根深种？

30 岁之后，漂泊他乡，似无根浮萍，历经生活的雨打风吹，世事无常，世态炎凉，看淡了一切。红楼成了日夜相伴的枕边书，成了时不时可以相对倾谈的密友。读它，已不是从美从情的角度出发，也不是为了寻找高深思想，而是一个生命在叩问和聆听另外的生命。

生命的"转"，亦是另一种开阔与明亮，悲悯与懂得。这时才明白，我们也是红楼梦中人，有时是黛玉，有时是宝钗，有时是湘云，有时又有王熙凤的影子，那些人物身上都或多或少折射出自己的一点影子。我也不再对某个人物表现出鲜明的好恶，世上没有绝对的好坏，她们也有自己的不得已。她们身上都有一种活泼泼的真生命、泼辣辣的真性情。生活没有绝对的好与坏，是与非，人也一样。王熙凤虽风光无比，繁华着锦，烈火烹油，可最后的结局不也令人为之掬一捧同情之泪？

读至"黛玉焚稿断痴情"，已不会再有痛断肝肠的哀伤，亦不会有撕心裂肺的泪水汹涌，只有灵魂的震颤。因为世上每天都有人在经历离合悲欢，每时都有人在经历生离死别，这是生命必经的关口。再怎么样的惊世骇俗都有回归平淡的一天。握着你的手，任热泪长流。爱是什么？是李商隐的"春心莫共花争发，一寸相思一寸灰"。到最后，至少还有灰在。读宝玉在茫茫雪地里，披着大红猩猩毡斗篷，光头赤脚走着，见了贾政倒头便拜，脸上似悲似喜，心里亦不会再有怎样的大悲大恸。因为懂得了，每个人都会有在白茫茫大地上觉醒顿悟的那一刻。俗缘已毕，渺渺茫茫，归彼大荒。

一步一步读来，从"开辟鸿蒙，谁为情种"到"落了片白茫茫大地真干净"，竟像是自己历经了一番红尘之劫——初闻不知曲中意，再听已是曲中人。

好的文字是可以流动的，所以两百多年后的我们仍在读这本大书。蒋勋说，他是把红楼当佛经读，处处都是慈悲，处处都是觉悟。我们阅读，不过是在寻找相似的灵魂。好的作品是像一面镜子，能让我们看到本真的自己。

想起杜牧的"十年一觉扬州梦"。与红楼的缘分，何止是十年，已经二三十年了呀，卅年一觉，我们已是在千山万水之外隔岸观火的人，也终于有了拿得起放得下的勇气与超然，慈悲与包容。

闲读 "本草"

不知从什么时候喜欢上《本草纲目》这本书的。

从爸爸那里知道，我爷爷原是当地有名的中医，擅长针灸。听说当时农村流行一种瘟疫，爷爷用针灸治好了不少瘟疫患者，当地人都非常敬重他，尊称爷爷为"雷先"，也就是先生的意思。只是由于各种原因，爷爷早早撒手人寰，致使自己平生所学没能传于后世子孙。

爷爷去世时，爸爸才 4 岁。阴差阳错，爸爸没能学医，却选择了文学之路。倘若爷爷寿限稍长些，可能我们都会或多或少受点医学的影响。但有些事也难说，我虽然没能得爷爷亲授什么医术之道，但精神文化的遗传密码也许仍在发挥着它隐形的作用。

近几年，因为写作，总想了解点中医知识，每每见了植物与药材便觉亲近，迫切想了解它们的名字、功能、药效，还断续做了一些笔记，写过不少关于植物的文章。读《红楼梦》，也特别注意里面提到的一些药方，如薛宝钗吃的"冷香丸"，其配方之复杂令人惊叹，更有趣的还数王道士胡诌的"疗妒汤"，配方为秋梨、陈皮、冰糖，每日清晨熬煮喝便好了。虽可笑之极，却实在是润肺开胃的佳品。而我自己和中草药，也有一点切身的缘分——且称之为"缘分"吧。

多年前，断断续续喝过近两年的中药。每月按时按点去省内一个颇有名望的老中医那里看病，照例是望闻问切，一番诊脉之后，他总手写一药方。现在手写药方的医生不多见了。我喜欢看那药方，龙飞凤舞的字，需慢慢辨识，次数多了，药名几乎可以背下来，每次根据身体恢复情况也不过调一两味药。

我喜爱这老中医手写药方的古旧，有一股子发霉的昏黄气息，仿佛回到了"从前慢"的旧时光里。包括这老中医慈眉善目的神情，也有了草本植物的安静平和，不急不躁。中药的植物气息也有一种古旧之美。单单是闻闻那盛药的牛皮纸袋的气味，便有一种恍惚的沉醉。

小小的煤炉子上，乖巧的草药们躺在砂罐里，罐子咕嘟咕嘟冒着气泡，一刻钟之后，大火转文火，淡淡的药香渐渐弥漫整个屋子，你无法具体说出它是哪一种香味，它的气息天然纯正，不染尘世之滓，仿若妙玉院外的红梅般洁净如禅。熬煮中药，煮的是时间，是一株株草木随岁月凝聚的深情，如郁可唯在《时间煮雨》里唱的："今夕何夕，青草离离，明月夜送君千里，等来年秋风起。"

说到底，中药又是深沉的，它既有哲学的思辨，又有美学的纯粹。《红楼梦》里宝玉说，药气比一切的花香果子香都雅。那黛玉一日不离药，想必她的雅也是草药的气息熏出来的吧。所以，即便面对一碗再苦的药汁，想到它的种种雅趣，也颇能以享受的表情一饮而尽。用什么形容那药汁的味道呢？大概像初恋吧，清香，微苦，淡若微风，带给人苦而甜美的回忆。

那时，我只是单纯莫名地喜欢着这些草木，却没有想过去了解与之有关的书籍，总认为那是一本医学著作，和自己的专业兴趣关系不大。后来自己也开始舞文弄墨，遇到一些中药名或植物，就想要系统了解一下，便买了第一本"本草"。

有了第一本之后，我又注意到还有更详细的版本，也有彩色插图版的。我有个怪癖，某段时间喜欢上哪本书，会疯狂地买好几个版本，有时仅仅是因为封面好看，可见女人仍脱不了"以貌取人"的小气陋习。

买回来，单是对着精美的封面，也会痴痴地发好一会儿呆。我发现不同的版本，内容略有差异，正好可以补充参照着读，虽增加了阅读负担，却不失为一种乐趣。有时临睡前，我把两三个版本抱到床上，看看彩色插图版，再看看原版的，又比照一下简体版，这样读下来，记忆深刻多了。偶尔，我做饭时又把它们搬运到厨房里，在油烟弥漫、花椒大料的烟火气息里，见缝插针瞄上一眼。

后来我发现，读"本草"须有一个好环境，好的环境能营造一种令人神往的氛围，有留白之效，可以让人打开想象空间。午后，或静夜，一盏清茶相伴，独坐小窗，一卷在手，慢慢品味，草木的缕缕清香仿佛于书页间散发出来，与人的神气融为一体。只有这样才能体味到书中之精妙。

读"本草"，有读《诗经》的幽香芬芳，一株株草木从书页间活过来。念着那一个个美好的名字，仿佛是喊一个个女孩的名字，凤仙、茉莉、白芷、芍药、牡丹、半夏……真真口齿留香，余味无穷，仿佛置身于美女如云的大观园。读"本草"，又像读出了一个个活生生的人，他们或她们都有着不同的面目与性情，从产地到特点、药性、作用，针对不同的病症，都各有特点与性情。

"独活"应该是一个独来独往、孤独清高、不愿屈从世俗的人，有点像苏轼词里的"孤鸿"；"王不留行"使我想起"十步杀一人，千里不留行。事了拂衣去，深藏功与名"的侠客；"刘寄奴"又使我想起辛弃疾的词句"斜阳草树，寻常巷陌，人道寄奴曾住"，"寄奴"这个名字是南朝宋武帝刘裕的小名，每读此药名，不知为何会平添一种怀古伤今之情；而"徐长卿"又该是一个多么儒雅深情的人，他该是白衣飘飘、峨冠博带的君子形象，读这个药名，应该用徐徐缓慢的语调，仿佛它可以从遥远的时空里应答。所以武侠电视剧《仙侠奇侠传》里就有一个心怀天下、对万物皆有情、仙气飘飘的徐长卿。这编剧在构思设计人物时，肯定是想到了这味草药。

草部的第一个植物是"甘草"。说到甘草，它给我一个奇怪的印象，好像我每次取中药，里面都少不了它。曾好奇地问过爸爸，爸爸当时的说法是，它是一剂药引子，能解除其他药的毒性，有中和药性的作用，能让其他药更好地发挥作用。说得好像它自己没什么能耐似的。

后来读"本草"，看李时珍是这样介绍它的："协和群品，有元老之功；普治百邪，得王道之化。赞帝力而人不知，敛神功而己不与，可谓药中之良相也。"难怪它的别名叫"国老"。元老、国老、良相都是对它极大的赞美。它是一个最好的配角，能把配角演绎好，也不易。人人想当主角，为当主角煞费心思，真该跟甘草学学这种甘当绿叶的陪衬精神。

黄连和白头翁看起来可怜兮兮的，一个像受尽了委屈的小媳妇儿，一个像怀才不遇、青春蹉跎的白发老头儿。哑巴吃黄连，有苦说不出。每次感冒，医生偏偏爱取这个药，看到药名，都忍不住摇头苦笑。而白头翁，让人想起唐诗里"雨中黄叶树，灯下白头人"中的那个居荒村陋室的贫士。"寄言全盛红颜子，应怜半死白头翁。此翁白头真可怜，伊昔红颜美少年。"刘希夷用这鲜明的比照来警醒后人。

"葳蕤"使我想起《唐诗三百首》里的第一首诗——张九龄的《感遇》："兰叶春葳蕤，桂华秋皎洁。"小时候读到"葳蕤"这里总是要打一下绊，查了它的意思，是形容"草木茂盛"，没想到它不仅是植物，还是一味中药。时珍曰："此草根长多须，如冠缨下垂之緌而有威仪，故以名之。"

单单是这些如词牌般动人的药名，便令人为之迷恋心动，使人想歌之叹之。明朝的文学家冯梦龙便用这些药名大大抒了一回情，这就是他的《桂枝儿》：

你说我负了心，无凭枳实，激的我蹬穿了地骨皮，愿对威灵仙发下誓愿。

细辛将奴想，厚朴你自知，莫把我情书也当破故纸。

想人参最是离别恨，只为甘草口甜甜的哄到如今，因此黄连心苦苦里为伊担阁。

……

这真是一封以药寄相思的情书啊，读来又苦又甜，又辛酸又浪漫，又想笑又想哭。良药苦口，可治病，亦可慰相思。这种浪漫情怀也只有文学家才能想得出，所以不读"本草"，你写情书也写得不情。单是为了写篇好情书，也有必要读一读此书。

"本草"中的很多中药名，猛一看挺玄乎，其实很寻常普通，李时珍说"处处有之"，它就在我们身边，甚至是生活中天天会吃到用到的。如莱菔是萝卜，菘是白菜。初次读到还又乐又惊。还有前面写到的"王不留行"，以为是侠客般的神龙见首不见尾，其实很常见，特别是麦地里随处可见。还有车前子，田埂上到处都是，我小时候去庄稼地里，走在田埂上，稍不留神便会踩到它。看到它就觉得不喜，疙疙瘩瘩的，也不开花，一根茎往上直窜，也因为当地人叫它"牛舌头"，想想都没美感。它们生长随意，生命力旺盛，无须人工精心培育，就显得贱了些，竟不觉得是宝。

布衣粗食，怀揣有玉，"君子藏器于身"，说的不仅是君子，也是它们这些乡野植物清澈如水的心性。植物的心性不温不火，不急不躁，宠辱不惊，亦如它的药性，是慢的，需文火慢炖，药效才能完全发挥出来。服用者也需耐着性子，草药也是有脾性的，你越急，它就越不急。喝中药调理，有点像禅修悟道。

时珍先生的集解也是极简雅的，读来有晚明小文之风。寥寥几句，神到意到，有植物的清简。如对"萎蕤"的解释："处处山中有之。其根横生似黄精，差小，黄白色，性柔多须，最难燥。其叶如竹，两两相值。"这样写牡丹："牡丹以色丹者为上，虽结子而根上生苗，故谓之牡丹。牡丹惟取红白单瓣者入药。其千叶异品，皆人巧所致，气味不纯，不可用。"

是不是有读明清小文的韵致？

写此文时正是大寒天气，外面雪花纷飞，天寒地冻，我在枕边放了一卷"本草"，闲时静读解闷，竟萌发了一个有趣的念头——等春天来了，我要背上草篓，穿对襟古装，去家乡的贾鲁河边寻草药。

有文友告诉我，家乡的中药材香附子很有名，是当地特产。我想，无论在古老的典籍里，还是贾鲁河边的乡愁梦里，我都能与之重逢。

我也说“聊斋”

上午，同事们都出去了，我一个人在办公室里读《聊斋志异》。也许是屋里光线暗的缘故，读着读着只觉得后背发凉，不敢再读下去了，索性到外面晒太阳。太阳灿烂的光既驱除了身体上的寒意，也驱散了内心的惊恐。像我这么胆小的人，还想一个人看“聊斋”？看电影电视可以找个伴儿，看书却是一件很私人很孤独的事，欢喜也好，惊悚也罢，都只能是一个人的心灵体验。下午上班后，受好奇心驱使，又禁不住打开上午未读完的部分，心里给自己壮胆，反正离天黑还早呢。

喜欢聊斋故事的人还挺多，不过各有各的原因。和一个朋友微信聊天，谈起读书，他说正好也在读“聊斋”，他最喜欢的一个故事是《聂小倩》，我们便谈起张国荣和王祖贤拍的老电影《倩女幽魂》。另一个朋友说，他年少时在乡下房子里夜读“聊斋”，因为好奇，总希望能碰到一个“狐狸精”，看看到底长什么样。我问他可害怕，他说不怕，因为蒲松龄笔下的精灵鬼怪都是善良美好的。他说他最喜欢的角色是婴宁，婴宁那天真烂漫的笑，可谓是一笑解千愁。看来大家心里都有一个属于自己的浪漫“聊斋”梦。一个女作家说起她的枕边书，其中就有《聊斋志异》；作家莫言和张爱玲也是蒲松龄的铁杆粉丝，蒲老先生丰富的想象力和对人物的塑造对他们的创作都有很重要的影响。特别是莫言先生，他对《聊斋志异》这本书评价相当高，他说："尽管我现在写出的字数加起来比蒲松龄要多好几倍，但是我想我这么多的作品加起来也许都不如蒲松龄先生的一个短篇小说有价值。"并且说自己的写作是自觉地以蒲松龄先生为榜样进行创作。

聊斋故事对于我来说，也是从小就不陌生的。小时候我和邻居家的小孩经常缠着我爸讲鬼故事，讲完一个又一个，我爸讲累了，大家仍不依，又是抱腿又是抱胳膊地撒娇。我爸就跟我们约定第二天再讲，第二天小伙伴们就早早来到我家，坐在小板凳上，把我爸围一圈儿。我爸年轻时当过几年语文教师，读课文讲故事可谓声情并茂，绘声绘色，还颇有点袁阔成讲评书的味道，再配以动作表情，把我们听得一边咯咯笑一边吓得往后缩。这些鬼故事听多了，晚上都不敢一个人出门，可还是想听。难道听鬼故事也会上瘾？

夏夜，邻居们聚成一堆，大家轮流讲鬼故事，老爷爷老奶奶摇着有年头的旧蒲扇，讲着从前听来的故事。我害怕又想听，就躺在人堆中间。月亮升得老高了，那讲故事的声音在夜色里渐渐变得有一搭没一搭，我们小孩子也在这缥缈而神秘的故事里渐渐睡去……后来才知道那些故事就出自蒲松龄的笔下，哼，她们竟然都说是某某亲眼所见，亲身所历，原不过是吓我们这些小孩子的伎俩。

后来，在村里读中学，一个人独来独往，夜自习后回家要走七八分钟路程。那是我青春阶段最痛苦恐惧的回忆。夜晚那段路上行人稀少，就显得静寂而漫长，而且每个小岔路口都有我所熟悉的恐怖故事，谁家的女孩子上吊死了，谁家的寡妇寻了短见、喝了农药等，妈呀，每次走到那些路口我都全身发僵，头发梢直竖，只能顺着墙根的阴影处像猫一样悄悄疾行。以前那些听来的曾令我兴奋好奇的聊斋故事，此时都像专门吓我似的，一股脑儿全清晰逼真地涌现在眼前，偏偏月亮又那么亮，唉，专和我作对似的，我走到哪儿它就照到哪儿。

我就给自己壮胆，反正我姓雷，小鬼们一定不敢近身，反正我爸好赖也当过几年佛家弟子，我有佛祖保佑。我还会唱歌，这是走夜路最常用的壮胆方法，我清清嗓子唱起来，其实是哼，一边哼唱一边心里扑通扑通地跳；还可以背当天学的课文，古诗词什么的。就这样一路到了家，还没进门，先高喊一声妈，听到我妈在屋里提高嗓门长长地应一声，我这悬着的心才算落地，魂魄才算回到了身上。最紧张的是进门那一瞬，我几乎是旋风一样飞逃进院子，好像慢一秒背后就会有只无形的手抓住我。

鬼是没碰到过，醉鬼倒是碰见不少。有一晚，下着蒙蒙细雨，我在悠长的小胡同里正心惊胆战地如猫潜行，那个长长的胡同是我最痛恨的一段路。那里有个三岔路口，放学的学生到那里就分流了，走进这个长胡同的只有那么寥寥落落一两个人，就是那一两个人我也很少看到踪影，总是一闪就不见了。

那天晚上，正走着，对面一个歪歪扭扭的黑影慢腾腾走过来，嘴里好像咕哝着什么，因为胡同太窄，逼近时有点狭路相逢、仇人相见的感觉。那黑影走近，也看见了我，他歪着身子愣了那么一下，盯着我看了几秒钟，手里好像提着个酒瓶，我屏着呼吸大气不敢出，心提到了嗓子眼，趁着他发愣的几秒，我以自己都不敢想象的速度从他身旁风一样跑过，因为下雨，穿的雨靴又笨重又大，跑的时候，一只鞋掉了。那黑暗里的人看着我的狼狈样，故意吓唬似的追了我几步，然后大笑起来，他远远地冲我喊："把你的鞋穿上吧！"我捡起鞋头也不回地狂奔起来。

初二时，我最好的小伙伴英儿死了。她有一头特别黑的长发，即使满脸的雀斑也挡不住她的美。我时常梦见她。每天晚上，我都是战战兢兢走进小胡同，月光如水，村里的坟头若隐若现。

我家门前就有一排坟，坟上种着一溜高大的臭椿树，我总以为是香椿，我妈说是臭椿，所以才会招来那么多的飞虫。深夜树上常有乌鸦、猫头鹰之类不祥的鸣叫。夜半更深，我每每被这鸣叫惊醒，辗转反侧，胡思乱想着命运的无常。小小年纪，心里已经有了凄然之意。后来给学生讲《孔雀东南飞》，讲到"行人驻足听，寡妇起彷徨"就特别深有感触，那驻足听，那彷徨，那夜不能寐，那忧患，那惆怅，我很早很早就体会到了。"生年不满百，常怀千岁忧"，人就是这样的，总有着杞人忧天的琐屑烦恼。

我家的院子里也有一个大坟，像个小山丘，不知是何朝何代的。为了铲平这个坟，爸爸就像愚公那样一铁锹一铁锹地挖，一箩筐一箩筐地运，一天天，终于铲平，在旁边盖了两间小瓦房。听爸爸说，平那个大坟时他还挖出过几个好看的瓷碗瓷盆，不知是不是古董呢。我有时候就觉得遗憾，没机会看到那些旧玩意，更没机会看到年轻的爸爸以一己之力开辟一个新家园的情景。它们有时应该会来到我的梦里吧。

爸爸铲平了那座高大的坟，在四周筑起一圈围墙，又建了两间小屋，总算是有了安身之处。院子在荒郊野外，四顾无邻。这幅情景常让我想起蒲松龄老先生"自志"里的那句话："惊霜寒雀，抱树无温；吊月秋虫，偎阑自热。"那时的老爸孤儿一个，独守两间小瓦屋，想必也是极孤独的。我爸那时也算是文艺青年，喜欢穿白衬衫，在村里当会计，还在村小学教过几年语文课。风雨飘摇之夜，一个人就在屋内安然读书。不知那时他可否读过聊斋。问他怕过没，他说有时也怕。自我妈妈嫁过来之后，院子热闹了，然后有了我，有了孩子的啼哭欢笑声，他便什么都不怕了。家，爱，是抵御一切孤独、恐惧，甚至鬼怪的最有效的武器。

身在异乡，每每捧读这些旧时熟悉的故事，就仿佛离过去的自己近了一点，离亲人们近了些。少年时听聊斋，听的是奇人异事，鬼怪狐妖；中年读之，读的是故事背后引申出的道理，更深层的说是人性。"集腋为裘，妄续幽冥之录；浮白载笔，仅成孤愤之书；寄托如此，亦足悲矣！"蒲老先生哪里是在写鬼怪狐仙，他是在抒自己胸中的块垒，也是以此警醒我们后人。想起电视剧《聊斋》里的主题曲："你也说聊斋，我也说聊斋，喜怒哀乐一起那个都到心头来，鬼也不是那鬼，怪也不是那怪，牛鬼蛇神它倒比正人君子更可爱……"此中滋味，谁能解得开？

秋夜读异乡

睡前，忽然想读张爱玲。张的书，该有的基本全有了，以前曾像读红楼一样去读，好的句子几乎能一字不差背下来。从 17 岁接触她的文字，以后再没放下过。

后来，接触到更多的作家与作品，可是她的人和文字始终是我阅读写作生涯中的底色，是如初恋情人般的记忆。偶尔的刹那，会莫名惦念。随便抽出一本，翻到任意一页，读上一段，还是会禁不住赞叹——不愧是"祖师奶奶"级别的功力，隔多久再读，都有新意跳出来。

今夜，读的是她的《异乡记》。如贾平凹所言，读张的东西，是劈面而来的一种惊艳，天下除了她，谁敢这样写，谁又能想到这样写。别人充其量只能模仿，像朱天文、黄碧云，技巧可以超越，才气却不能。

《异乡记》是第三遍读，可是仍旧有初读时的心情，所有的好仿佛都是第一次发现，是一种新鲜的刺激，很过瘾。当然，也有人不喜欢她的文章，说她的文字冷，有死人的气息。可是，于我却是这样亲。我看她，是知心人对知心人，没有一点隔阂。她写的种种，我都是以一种切身的体验来感知，仿佛那是我自己的人生体验。

薄薄的一个小册，三万多字，是个没有结尾的故事。每次看，都会感慨。为了胡兰成，张也真是把自己低到尘埃里去了。她曾送他一帧小照，背面题着：见了他，她变得很低很低，低到尘埃里去，但她心里是欢喜的，从尘埃里开出花来。

他在房间的沙发里看书，外面风雨大作，她像个小女孩躲在门外看他，只觉满屋有金沙银沙的宁静，漫山遍野都是今天。

张爱玲的一生，只为爱低过头，也只为胡一人。如她自己在文章里写的："女人，一辈子说的是男人，念的是男人，怨的是男人。"对于父母弟弟，她的心却是冷的。母亲出国前去看她，分别时她没有任何惜别表示，母亲说她心硬。她从不悲天悯人，也不多愁善感，对于人世，总是冷眼旁观，以俯视的冷漠洞察人性的幽微。

后来，胡兰成逃亡在外，她千里迢迢去寻他。她甚至说他可以改名为"张牵"或"张招"，千里万里，天涯海角，有她在牵他招他。

这本书记述的就是寻胡的经历。从上海到杭州，再到温州，一路的见闻及心情。在书里，她化身为沈太太，要找的人叫"拉尼"。拉尼，据考证，就是胡兰成。

在杭州时借宿在一家姓蔡的人家，解手的地方在楼梯下的一处暗影里，没有任何遮挡。坐在马桶上，正好面对着厨房，风嗖嗖的，此处是过道，人来人往，她不确定是不是应当对他们点头微笑。

这可是那个具有贵族血统、冷漠高傲、才华横溢的张家大小姐啊！在上海红得发紫的张大作家，在上海，别人见她一面尚且不易，为了胡兰成，她真是豁出去了。只是，还是有委屈的。一个人睡在楼上狭小的床上，听着楼下的碗盏声、打麻将声，她哭了，把嘴合在枕头上，问着："拉尼，你就在不远么？我是不是离你近了些呢，拉尼？"她写道："我是一直线地向着他，像火箭射出去，在黑夜里奔向月亮；可是黑夜这样长，半路上简直不知道是不是已经上了路。"

这一路上的悲欢、心痛，一路的风尘、凄楚，她的拉尼并不知道。她也不知道，她的拉尼已经在另一个女人的温柔乡里。

书中没有写到沈太太是否找到拉尼。原稿写到一半中断。但根据张爱玲此后的经历，我们都知道，她是找到了胡兰成，但是胡的身边已经有了个叫范秀美的女子。在武汉，胡爱上了小周。在温州，又和范秀美在一起。

张爱玲曾经说过，恨不得全世界的女子都喜欢他。这只是恋爱中女子对爱人的一种痴迷，觉得自己爱上的人，是值得天下女子去爱的，并不是说她在感情上不自私，不计较。

她是在一个下着大雨的天气里离开温州的。黄浪滔天，独倚船舷，她涕泣良久。

和胡分开后，她的心彻底冷了。人间从此无牵挂。她远赴美国，过着离群索居、昼伏夜出、隐士般的生活。远在异国，无儿无女，无亲无友，无依无靠，她笔端的种种人生苍凉都到眼前来了——孤独啊孤独。她说，每个人都是孤独的，他们有自己的泥淖。

1995年的中秋节，在洛杉矶的一幢公寓里，她安然离世。多日后，才被人发现。

看过张所有的书，只有在这本书里，我看到了一个有血有肉、有人情味、平常心、会示弱、有委屈、能忍受的张爱玲。她在乡下看人家杀猪，娶亲；像难民逃难一样坐车一路颠簸，甚至从车上摔下来；在人来人往的过道里小解，和陌生的蔡太太挤在一张小床上，连翻身都不敢；听盲人算卦，拉琴。她变成了一个寻夫的寻常女子，生活的种种屈辱，她都得忍受。

看到一半，有睡意，熄灭灯，摸索着在黑暗中和衣躺下。秋夜，一股股的风从窗口吹进来。这时，才觉出夏凉被的凉与薄。很久还没暖热，身体是冰的。书中的某些细节、句子，一波波，水浪一样涌过来。翻来覆去，又不能立即入睡。

夜，真的是长了。想起小时候，黄昏时分，从外面玩回来，有些累，就默默地躺到自己的小床上睡去了。小小的身体，蜷缩成一团。蒙眬中，听到父母喊自己吃饭的声音，爸爸轻手轻脚走进来，把手放在我的额头上，问是不是生病了。本来不觉得什么，大人这一问，心里反而有了委屈。

在这回忆的甜蜜与惆怅中，中年的我将沉沉睡去了。还有人以手覆我的额么？那个蜷缩成一团的孩子，很快就老去了。人生的陡峭、嶙峋、委屈，都不过如此。

秋天的夜晚，好漫长。梦也无妨，碎也无妨。

我看张爱玲

以前，看雪小禅的一篇文章，文中说服装设计师张书林的妹妹爱看书，爱到什么程度，两天一本，而且一直如此。那时，简直不能相信。今天，买了张爱玲的《私语录》，一个下午就看了过半，还做了一些读书笔记，明天看完绝对没问题。这才相信，世上的事，只有喜欢与不喜欢之分。喜欢了，自然无难事。

我从 17 岁开始读张爱玲，到现在，二十多年了，可谓是资深张迷。可是真正读懂她，却是人到中年了。看许多学生拿着张爱玲的书，叽叽喳喳地笑着看着，就知道他们没有读懂。这亦如 17 岁时的我，上课偷偷在课桌里看张的书，被胖胖的女教务主任给抓个正着，我以为她会没收了去，没想到，她把书递给我淡淡地说："读张爱玲的书，你这个年龄太早了。"很多年后，我知道她说的是对的。有些作家的书，需要有一定的阅历才能读懂读透。

我虽是张迷，却极少去写她，太深爱的东西，是不想与别人分享的。看她在不同作家的笔下灿烂着，寂寞着，苍凉着，就很难过。她的一生被人翻来覆去地嚼着，一遍遍，从出生，到家世，成长的辛酸，到那段乱世之恋，远走异国的凄凉，一一被人翻拣个底朝天。不过，更多人注重的却是那些八卦猛料，她灵魂深处的东西却被这个浮躁的社会给屏蔽掉了。她成了一种营养快餐，被各种各样的人消费着。任何人都可以给她写传记，那些杂七杂八的版本满天飞，充斥于各个书店最醒目的地方。而我，只看她的作品。卡尔维诺说，一个作者只有作品有价值，因此我不提供传记资料。

今年暑假，无论如何要去上海的常德公寓看看。哪怕是远远地看一眼，也算了却一桩心事。那次，与朋友聊起假期旅游的事，我说我要去上海，不为看外滩，不为欣赏东方明珠，只因有她。她在那里。这是我去上海的全部理由。在我心里，她就是上海的灵魂。上海没有她，会苍白许多。多少繁华富丽，只是浮在水上的油花，只有她看到了那苍凉的底子。

下午看《私语录》，发现我与她有诸多相似之处。隔着书页与年代，都能闻到同类的气息。比如我们都深度近视，又不愿戴眼镜，在路上看不清楚人，经常被误认作清高、矜持；我们都喜欢昼伏夜出、独来独往，像不近人情的小兽，容不得别人靠近。和我相处几年的邻居竟不知我的职业，在她们眼里，我只是一个深居简出的中原女子，一个男人的妻子，一个孩子的妈妈。仅此。再比如，我们都孤身在外，有许多难言的苦衷。可是，如木心说的，搞艺术的人，必须到外面去，离开家乡，走得越远越好。看到这样的话，心里还是有一丝安慰。

她在国外和一个老剧作家赖雅结婚，她告诉别人自己是为了爱才嫁给他，绝不是凑合。她说的话我都能懂，即便有爱，即便有一丝幸福，也是打了折扣的。是欢笑后的那么一丝惘然，是孤独里的一点慰藉，是再也不奢望后的一丝平静。

我们都是孤独的人——倔强，决绝的孤独，不肯低头、妥协，也绝不回头。而她更是决绝到底，赖雅去世后，她便在异国他乡孤独终老。

读她的语录，时而叹息，时而微笑，觉得一句一字全进到心里去了，是贴心贴肺之感。这就像两个人对坐聊天，你知我知，天知地知的贴心。

贾平凹说，与张爱玲同活在一个世上，也是幸运，有她的书读，这就够了。是的，这就够了。她曾自嘲自己的人与作品皆是"出土文物"，我却一直觉得她在现世，在每一个时代。在上海的月光下，冷冷的，看着一场又一场浮世绘。

台湾作家水晶曾在夜里拜访过一次张爱玲，他把她形容成一只蝉，藏在树荫深处，叫声极细微，吱，吱，吱，却振聋发聩。她是有这种能力的，无论她躲得多远，藏得多深，那声音始终会传出来。无怪胡兰成第一次见她，便说：见到张爱玲，诸天都要起各种震动。

《西厢记》里说：好思量，不思量，怎不思量？这个文字里有巫气；有鬼气的女子，怎不令人思量？那劈面而来的惊艳，仿佛就在眼前。

西陆蝉声唱，南冠客思深。又到了蝉鸣的季节，在声声蝉鸣里，才忽然醒悟，这个女子，已经去世二十多年了。白玫瑰与红玫瑰的故事，却仍在人世间流转。

行旅记

晃晃悠悠，不知到了哪一站，年年都要走好几次的路也变得陌生了。坐在车内，不知什么时间，只知天一点一点地暗了下来。仿佛与世隔绝的样子，东西亦不想吃，上车时只是满腹感慨，上了车又只顾着莫名欢喜。找到自己的铺位，周围空空的，没有人，正合我意。

出门时装了两本书，朱光潜译的《歌德谈话录》和董桥的《旧日红》。《歌德谈话录》读了几章，获益不少。如谈到写诗时，歌德告诉爱克曼：应该把日期注在每首诗后面，这样等于写了进度日记，多年来他自己一直这样坚持，很知道他的好处。又如，他说："不要说现实生活没有诗意。诗人的本领，正在于他有足够的智慧，能从惯见的平凡事物中见出引人入胜的一个侧面。"还说："一个人只要能把一件事说得很清楚，他也就能把许多事都说得清楚。"深以为然。歌德谈爱克曼的手稿："它用不着推荐，它本身就是很好的推荐。"用作品说话再好不过。

爱克曼形容第一眼看到的歌德："他的褐色面孔沉着有力，满面皱纹，每一条皱纹都有丰富的表情！他的面孔显得高尚而坚定，宁静而伟大！他说话很慢，很镇静，令我感到面前仿佛就是一位老国王。"

生动的描绘，使歌德的形象跃然纸上，在我眼前，出现了一个活生生的歌德，镇静，高大，超然于世间毁誉之上。这便是语言的妙处。

车内的灯亮了，才知外面天已黑了，是那种透彻的、没有一丝缝隙的黑。下午泡的一大杯咖啡还没有喝完。我盯着窗玻璃看了一会儿，看到的只是我自己的灰影子，和其他掠过的影子一起成为整个天空的背景。

换了《旧日红》来看。读董桥的文字仿佛读"诗经""宋词"，有一种缭绕的古典美。我想，我为何如此痴迷于他的文字呢，想要一寻究竟，想来想去，大约是因为他文字中有古意。爸爸常说，练书法要临古代的碑帖，越古越好。所以书法上有"人书俱老"一说。文章也是这样，有古意最好。字里行间读得出旧时的风日、草木、山川、风物，最好的都在里面了——好像我们也是那风景里的人。

随手翻到《亦梅先生》一文，才读到"人的一生也许以无题为贵"一句，身边突然喧闹起来，原来是新上来几个年轻人，很年轻，大学生模样。也许太年轻的缘故，他们很吵，上来后叽叽喳喳说个不住，玩着手机，跷起二郎腿，摇头晃脑。可能是我老了吧，竟受不了他们的吵。他们是学生，却几乎不读书，更听不到谈论和书本有关的话题。

每次出门，无论路程远近，都会随身带上一两本喜欢的书。即便是在办事排队的间隙，也会把书打开随手翻几页，虽置身浮躁的人群，心也会突然静下来。我的这种行为大概让别人觉得有些怪异，已经有好几次了，有人看到我拿着书看，就好像是看到了什么另类或奇怪生物，"这年头还有人看书！"这是我听到的最多的评价，我淡淡一笑，把它当成是一种褒奖之辞。因为当大家都不读书，而是去抱着"苹果"啃的时候，你就是人群中的异类，是独一无二的存在。当然，更多的是心生悲凉，是近似于赫拉巴尔那种"过于喧嚣的孤独"。但是，我的孤独是一座花园啊！

没有了读书的兴致，遂上了自己的铺位，躺下看着上铺的床板发呆。车厢里播放着忘记歌名的老歌："我将飞到那遥远地方去看一看……"我知道即便我回去，也已有许多不适应之处。时间真是可怕的东西。

夜晚，列车穿越莽莽秦岭，使人仿佛回到秦汉的邈远。没有网络信号，发出一个信息需要好久，然后隔许久才有一个回音。仿佛与人间失联了。生活正需要这样的失联，让人有短暂的清醒，回归，反省，拷问。有姐姐发来信息说，虽做不了我的员工，不能天天跟着我，但我是一直在她心里。我想，有些人是不必天天在一起也能记在心里的。

大约秦岭是过去了，外面变得寂静起来，有夜沉沉的苍茫空阔。仍然不断有新的旅人涌上来，旧的人下去。有刚上来的年轻人大呼："我的貂蝉在哪里？"我不知何意，后来断续听，大概是一款电子游戏的名字吧。到现在仍是网盲。

手机快没电了，行旅记暂且记到此。想起一句诗："吹灭读书灯，一身都是月。"在长安的月色里，我将心满意足地睡去。

亲爱的旅人啊

做最温柔的梦

盛满世间行色匆匆

在渺茫时空

在千百万人之中　听一听心声

一路不断失去　一生将不断见证

……

遥远的鼓声

坐在窗前看书。偶尔抬头望山，山不语，可是如在眼前。这大约是另一种陪伴——采菊东篱，借山而居。

在这幢房子里住了六年。六年，日日看山，对它熟悉如老友。有时，夜深，外面大雪，拉开窗，蓦然看到那山，心里有一种坚实的安稳。有时，对山独酌，山花仿佛一朵一朵全开了。山有意，我有情。可以是今生今世。

像我这么孤独的人，也注定只能与山川草木为伴了。有人说，适应孤独像适应一种残疾。我不是适应孤独，而是孤独就在我心里。我的生活密度异常稀薄，每日的活动仅限于阅读、写作、电影、音乐、散步、思考、发呆。任何接触我的人，都有高原反应。

今天读的书是木心的《哥伦比亚的倒影》。我不仅是张迷，还是木迷。我是张迷的事很多人都知道，说是从文章中读出来的，是木迷却很少有人知道。

总结起来，我喜欢的人基本都是同一种类型：孤家寡人一个，离群索居，几乎处于半隐居状态的大智之人。有些类似村上笔下的人物。这样说来，能入我法眼的不多。我始终认为，真正的智者都是孤独而绝望的。

大约我的灵魂也属于这类人。木心说：美貌是给蠢人和懒人的。同样，热闹也是给没有追求的蠢人懒人的。

看到其中一篇文章名为《林肯中心的鼓声》，开篇一段话就令人惊艳，且看——我的大甥在"哈佛"攻文学，问他的指导教授：美国文明究竟是什么文明？教授说："山洞文明。"真正的智者都躲在高楼大厦的"山洞"里，外面是人欲横流的物质洪水。见解绝妙，深以为然。

觉得自己总算有了出处："山顶洞人"。虽然我并非智者。我喜欢的只是"山洞"的那种氛围，寂静无声，天长地久，不知人世悠悠。这个"山洞"可以是图书馆、美术馆、博物馆等有关艺术的地方。木心形容哥伦比亚大学的阅览室中的一片寂静，是可爱的有为的寂静——无为的寂静总会滋生烦恼。

所以，除了图书馆和书房，我极少去别的地方，甚至极少出门。那人欲横流的物质的洪水，太浑浊了，我不想在里面洗澡。每次必要把冰箱里的东西像老鼠搬家一样，全吃干吃净，才肯出去买。又恨不能一次买完买全，让我再不用在食物上面浪费时间。

这样生活久了，我对自己的认识都模糊了。仿佛无性别、无年龄、无来历，身份不明，像一棵喜阴的植物，自生自灭着。可是又死不了，因为有精神丰沛的滋养。木心说：古老的蛮荒比现代的文明更近于宇宙之本质。

只是望山、读书这样简单的行为，已把一切欲望击退，把一切观念敲碎，不容旁骛，不可方物。只觉自己是一粒尘埃，于宇宙空间里兀自飞扬着。

闺蜜一直以来的愿望，是在南方的深山老林里买块地，建个房子，周围种花种树种菜，过自己喜欢的日子。闲来读点书，喝点茶，与两三友人聚聚。不亦快哉。

　　有一次，和友人闲聊。这位友人在我眼里一直是活得颇为潇洒，没想到他竟然也觉得孤独。这种孤独当然是就心灵和艺术层面来说的。此友多才多艺，无奈囿于种种局限，难以施展。

　　细想，世间沉溺于艺术之人，有谁不是孤独的？顾城、海子是孤独的，三毛、张爱玲是孤独的，曹雪芹是孤独的，莎士比亚是孤独的。

　　有个写诗的朋友夜读我的书，在旁边批注："孤独者都是内心强大的人，是艺术的强大支撑起内心的自信。"这大约便是"山顶洞人"们的共同特质——内心极度孤独，又极度自傲自恋，心思简单纯净，感情用事，一生跌宕，却又安之若素。

　　今天早上读木心，仿佛听到了来自林肯中心的鼓声。那鼓声隔着岁月与光阴传来，微乎其微，却依旧清晰地飘到我耳中。是的，木心说得对："在演奏家的眼里，听众是极其渺小的，他倒是在乎、倒是重视那些不到场、不愿听的人们。"

　　我边看山边听，边吃边喝边听，光着脚听，蓬头垢面地听……呀，我这株山洞里的植物竟开出了花。

晨　读

　　或许是做了十几年语文教师的缘故，如今虽赋闲在家，却还一直保持着晨读的习惯。偶尔也自嘲是苦命人，因为不会睡懒觉。有时也羡慕别人可以一觉睡到中午，而我只要一超过六点，自然就醒了。总有莫名的急迫感，仿佛时不我待似的。

　　晨读的季节，我最喜春夏两季。如张潮所写：春听鸟声，夏听蝉声。在鸟声与蝉声里读书，有一种朝气蓬勃的劲头，更有一种与自然融合的心旷神怡。读诗读史，皆宜。

　　每天早晨，送走女儿，七点半准时坐在书桌前。也不必有外出时费时费力的盛装打扮，把头发随便一绾，穿一件宽大的棉麻袍子，便开始了晨读。我读书很杂，经史子集、外国文学等，而且没有什么规划，随便想到什么就读什么。这亦如我不喜欢有规划的人生。那是很没劲的。

　　梁实秋一向提倡早起，他翻译莎士比亚，就是利用早晨的时间，工作到太阳高照就休息。陈寅恪也是，亲戚在他家寄宿，一早做家务，才发现陈寅恪早已在花架下写作了。

　　我爸经常挂在嘴边的一句话就是"早起三光，晚起三慌"。这个晨读的习惯，我也深受爸爸的影响。一年四季，几十年如一日，爸爸每天凌晨五点就起床，先出去跑步，回来练毛笔字，再之后就读书。在被窝里睡得香甜的我，总迷迷糊糊听见爸爸在客厅里踱步吟诗的声音，然后就被他的喊声惊醒："虹儿，起来吧，我又作了一首好诗，快来看看！早起三光，晚起三慌呀。"然后便是一阵得意的豫剧小调。从小我便是在这种氛围长大的，想不早起都不行，想不喜欢读书都不行。习惯，可真是要命的东西，像烙在身上的胎记，如影随形，是一辈子都无法抹去的印痕。

不上班后，很多人以为我很闲。可令我痛苦的是，我还是觉得时间太少太少。狠命地从早晨开始挤，还是有许多书未来得及读。旧的书未读，新的书又接踵而至。除去做家务、家庭琐事之外，我的时间真是少得可怜。

所以最喜夏天，昼长，时间也像多了些。吉田兼好在他的诗里写："夏日之夜，有如苦竹，竹节细密，顷刻天明。"夏，虽如苦竹，要受炎热与蚊虫之苦，但顷刻天明，一下子迎来了水淋淋的早晨。多好呀。我甚至舍不得去赏花、逛菜市场了，坐在窗前读书的感觉是多么美妙，清风朗日不用一钱买。如一首小词里写的："清晨帘幕卷轻霜，呵手试梅妆。"真是洁净而美好的享受。

无怪朱天心这样说她姐姐："朱天文过着仙女般的生活，整天穿着睡衣，闭门写字。"我也是过着仙女般的生活了。简单，随性，自由。不受雇于谁，也不必瞧任何人的脸色，读累了，写累了，想怎么伸腰踢腿也没人管。每次，在读书札记上写下"早晨"两字，心里眼里仿佛一下子亮堂了。阳光在书上轻盈跳跃嬉戏，窗外花木葱茏，那绿色重得似要滴下来。文字也有了一股清香，端坐于前，一页一页读过去，心里全是喜悦。

今夏，一下子买了好几件白衬衣、长裙子，每天轮流着穿，读不同的书。这低碳的快乐，生命的喜悦，忍不住要记下来。

写 作

一

最近又有许多的话想说，像我这样的话痨也只能诉诸文字。还好，我的生命中始终有文字的陪伴。能写点什么的人是幸福的。

很多年之前，我还是一个提笔搜肠刮肚也写不出一篇美文的教书匠。这个匠气真是要命。这让老爸觉得丢人，作为一个语文教师，作为一个从书香门第走出来的孩子，竟然连一篇豆腐块都没见发表过。其实年少时也狂热地喜欢过文学，但是毕业之后，由于工作和生活的压力，曾经的文学梦渐渐褪色，最终淡去。曾经想过，也许一生就这样毫无波澜地度过了。

有一年暑假，老爸看我每天无所事事地虚度时日，实在忍无可忍，一番说教之后，拿出一沓稿纸说："写吧，今天上午写一篇文章我看！"然后指着屋里的一堆稿纸："家里就稿纸多，只要你能写！"说完就关上门出去了。

一小时，两小时，三小时过去了，面对空白的稿纸，我抓耳挠腮，绞尽脑汁，搜肠刮肚，大脑仍和稿纸一样空白。等老爸办完事回来，推门一看，我仍如老僧一样枯坐着，稿纸倒是撕了好几页，老爸竟气得笑起来："算了吧，也不为难你了！"每次被我气到极点时，我爸就是这种表情，大概是觉得朽木不可雕吧，"是可忍，孰不可忍"，索性就放弃了。我则像不用读书的贾宝玉一样，赶紧溜之大吉。第一次试水，以失败作罢。

我向爸爸诉苦："我也想写，想继承你的文学事业，但我确实无话可写，憋一上午才写出这么一篇不像样的！"爸爸纳闷我的无话可写，有些恨铁不成钢的恼羞，他说这天地间的一切事物不都可以入文嘛，一句话归纳，就是写得少，越不写越无话可写。

现在想想，的确是这样。我是从什么时候开始真正用心去写的呢？应该是从我身体患病，从学校辞职的那时开始的吧。忧患是人生最好的老师，它给我上了一堂生动而深刻的人生课。刚辞职的那段时间，很多人生感悟不请自来，每天都有许多想法灌满脑子，病痛，异乡的孤独，人际关系的疏离，前途的茫然，家庭琐屑的烦恼，种种复杂的情绪如潮水般涌来。灵感的火花也接踵而至。

夜深，辗转反侧，千头万绪，又该向何人说？也是在这时，我想到了文字。也许它本就在我体内潜伏着，连我自己都不曾意识到它的存在，我们是血缘上的亲人，却一直未曾相认。骨子里的东西，永远不会改变。你所有的经历都是一种铺垫，为了它的出场，为了你们更好的重逢，你得经历千山万水，阅尽人间风霜，方能靠近——世间所有的相遇都是久别重逢。

当我告诉爸爸我一个多月写了二十篇散文时，他竟不能置信。而我知道，在这条路上我才刚刚起步。这个起步有点晚，却并不迟。一切都还来得及。

写作，是一种情绪的释放与排解，也是一种贴近生活的方式，更是一种对自我价值的认同，让我即便身处他乡孤身一人，也能体会到一种存在感。当然，对我来说，写作的愉悦，不是在于发表、夺人眼球和博得掌声，这种快乐恰恰是一种追求的过程，是一种在路上，始终处于出发状态的饱满与力量。

　　写作激发了我对生命的探索与顿悟，开拓了我的人生视野与格局，使我领略了文字之美，生命之美，艺术之境。我忽然发现，生活中原来有这么多有趣的事物，一棵树，一朵花，一片云，一座山，一条河流，它们都是有思想、有灵魂，甚至是会说话的，只要静下心来去听，打开自己的"心眼"，去感受，接纳万物，那么世间万物都能与自己产生共鸣。写作，就是记录的过程。在这记录的过程里，生命的意义自现。写作时，我能感觉到：我是我自己。它带给我一种饱满的孤独感，使我沉溺其中，心怀感激。

　　转眼，已断断续续写了十多年，痛并快乐着，未敢有一日懈怠。十年里，结识了许多同道之人，也得到过一些文学前辈的认同与肯定。当然，最重要的是，写作是件美好的事。有时，隔了两千多里的距离，我会在电话里给爸爸读我刚写完的文章，这份喜悦唯有笔耕几十年的老爸懂得。爸爸总告诫我说："你只管埋头写就是了，生活总会在适当的时机给你回报。"

　　也有不少人追问过我写作的原因，究竟为什么而写——为了排遣身处异乡的孤独？为了证明自己？或者因为所爱的人？抑或仅仅是命运水到渠成的一种自然而然的选择？也许都有，我喜欢这波浪式谜语般的人生。

　　越写越想写，灵感总是时不时跳出来，带给人意外的惊喜。我认同马尔克斯对于灵感的说法——灵感既不是一种才能，也不是一种天赋，而是作家坚忍不拔的精神和精湛的技巧同他们所要表达的主题达成的一种和解。

坚忍不拔的精神，精湛的技巧，都是一个优秀作者必须具备的素质。

我时常想起爸爸那句话："咱们家有的是稿纸，只要你能写。"爸爸没写完的稿纸，我会接着写下去，将它们全部填满，这才是我给人生交上的最满意的答卷。

岁月久长久长，在写作的道路上迈开大步向前，拼命奔跑，把生命中所有的枯枝败叶，灰暗，死水，远远地甩在身后。

二

闺蜜问我，每天都在写吗？我说，基本上是这样。她问我累不累。如果一个人能用一生坚持做一件事，她一定不会觉得累。现在的状态是，不写反而累，心累。如果哪一天没写点什么，我会觉得这一天是虚度了。也没有想过用这些文字换来什么，只想给需要的人带来一丝慰藉。

任何一个人，即便是识字不多的，他在某个时刻也需要借助文字的力量，来度过生活中的一些沟沟坎坎。例如，有一个人，我知道他的生活很不幸，天天活在痛苦之中。他告诉我，他读过我的一首小诗，每一个字都能击中他的心，让他感到来自文字的安慰和精神的愉悦。我觉得，对于一个作者来说，这就够了。因为懂得，所以慈悲。

每天，我带着两个大口袋混迹于人世。一个口袋塞满生活，一个塞满思考。我的两肩，也承载了更多人间的包袱与悲伤。

文学老师告诉我们，文学是纯净的，纯粹的，是最美好的一块宝石。我也会用纯粹之心去书写。尽管，这些东西会随着时间被风刮走、被雨淋灭，但在某一小段时间，它曾发过光。这光也许照亮了一颗心、两颗心，被他们懂得，记住。

我也知道，自己始终是一个失败者。失去工作之后，在大多数人眼里亦是。爸爸眼里，更是藏着无法言说的隐忧。他眼中曾经优秀的女儿，如今一事无成。世人衡量成功的标准是物质与地位。

我的心，不在这些世俗的荣耀上。我不能去给他们讲梵高、狄金森、海子、布罗茨基、张爱玲。他们也不会懂的。凡·高一生没有卖出过一幅画，穷困潦倒，除了弟弟提奥没有人看得起他。他是众人围观嘲笑的对象，生命中唯一的好友高更也深深伤害了他。他在孤独、贫穷与疾病的折磨中度过了一生。

世上，总有人在享受物质生活，有人在创造精神财富，否则人间就不会平衡。总得有少数的傻子去做这样的事。

那天，遇见一个以前的同事。谈及彼此的生活，她说："我看你几乎把全部精力都用在了写作上，把它当成一个爱好就行了，何必那么苦自己？"我也无法回答这个问题。只能说，我是在孤注一掷，不管结果如何，只管埋头前行。我管不了那么多。

一个文学前辈，几十年如一日地在创作，长年的伏案劳累导致他疾病缠身。有一次，他说长年这样写，最受不了的是眼睛，由于过度疲惫，眼睛都出血了。即使创作这样艰辛不易，他对写出来的作品仍然异常挑剔和苛刻，他是那样一个追求完美的人。对不满意的作品，他的处理办法是付之一炬，重新再写。烧掉自己的作品，就是否定自己多年的心血，对于一个作者来说，是何等艰难与心痛！但也唯有如此，方能体现他推倒一切重来的决心与信念。他曾经烧掉过两大麻袋文稿，想想都令人心灵战栗。他曾问过我，这样做是不是有些傻。我说，当然傻，可是这傻值得。

如今的文学如万花筒，五花八门，层出不穷，令人眼花缭乱。就像《红楼梦》中贾母看大观园里的女孩子，看哪个都漂亮，都分不清谁是谁了。但我一直坚定认为，读作品一定要读经典，中国的、西方的、世界的——所以我们作者也要尽力写出好的东西。

贾平凹在一篇文章中写道："我必须老老实实生活，不是存心去生活中获取素材，也不是弄到将自身艺术化，有阮籍气或贾岛气，只能有意无意地，生活的浸润感染，待提笔时自然而然地写出要写的东西。"好的文章，一定是提笔时的自然而然。没有什么目的，只是想把胸中的种种念头想法一吐为快，如流水般澄澈，自然，欢畅。

重读《围城》

再读《围城》，就如再次结婚一样，有诸多滋味、千般感慨。其实吧，婚姻也没那么可怕，没有到视死如归的份儿上。它的种种可怕，俱是围城外的那帮人造的谣。但是它也并不完美，不说全球了，就单一个三线小城，民政局门口每天都有各分东西的痴男怨女。

围城的美好与丑陋，全在人的想象里。这就如没谈过恋爱的人才能把爱情写得最美。

二十年前，第一次读《围城》，我还是围城外的旁观者。那时给我印象最深的是唐晓芙。我喜欢唐的个性，是少女的任性、固执、单纯，不能容忍情感中的一点点瑕疵。那瑕疵无法随时间成为生活中的珍珠，它只是眼中的沙粒，永久地折磨着人。所以，即便她对方鸿渐有那么一丝好感，她也不愿忍受沙粒的折磨。

她说："方先生的过去太丰富了！我爱的人，我要能够占领他整个生命，他在碰见我以前，没有过去，留着空白等待我。"那时，读到这句话，真是震撼又欢喜。现学现卖，把它郑重地作为拒绝词说给一个人听。我说，知道吗，我要找的是一个没有过去的男子，他的空白要等着我去涂画。山水画也好，工笔重彩也罢，那是我自己的画。

二十年后，再看到这句话，还是喜欢，如遇故人。可是，也明白当初的自己和唐晓芙一样幼稚，可爱。这样的可爱，也只会在十八岁时，过了那个年龄，就如春去无痕了。一生只有一次的珍贵。

"围城"里的男女渐渐全学会了忍。不仅自己忍，也劝别人忍。他们惯用的口头语就是："忍忍吧，慢慢就好了，谁不是这样一步步过来的呢。"人的身上，天生有阿Q式的精神胜利法，再大的不幸，一旦获得丁点的心理安慰，也便罢了。

大多数人的一生，就是慢慢在忍耐里度过了。没有变得更好，也没有变得更坏，只在一个适当的点，正好可以忍受的范围内。

有一女友，恋爱婚姻一直挺美满。有一次，竟然听她说也常常吵得不可开交。骂到恼怒处，也会动手脚，两人比着摔东西，看谁摔得响脆，好像那样才解气。有一回，争夺时，不知谁把结婚照摔在地上，玻璃片片碎裂的瞬间，两人都怔住了。那一刻，她的心也碎了——以为再也不会和他走下去了，以为从此就视如陌路了，以为这次真的有勇气走出围城，去做个自由人了。

后来，还不是照旧在一起过着。继续柴米油盐酱醋茶，继续吵着骂着哭着笑着。她说，想明白了，再找个，也还是这样。这就是生活。除了忍受，别无他法。这正如方鸿渐说的：不管你跟谁结婚，结婚以后，你总发现你娶的不是原来的人，换了另外一个。

常常见到夫妻互相指责说，你跟过去完全是两个人，你变了！其实，她或他并没有变，只是当初恋爱时，他们的眼睛是被蒙着的。恋爱中的男女，都是盲人。围城里的男女。却个个都是火眼金睛，针尖对麦芒，眼睛全变成了显微镜，任是细菌般的缺点也看得见。

还是小说中的陆子潇说的好：迟一点结婚好，早结了婚，不到中年就要闹离婚的。更有聪明到不愿结婚者。钱老先生感叹说："天生人是教他们孤独的，一个个该各归各，老死不相往来……好像一只只刺猬，只好保持着彼此间的距离，要亲密团结，不是你刺痛我的肉，就是我擦破你的皮。"

读《围城》，时时感受到钱老先生的语言魅力，机辩，幽默，风趣，辛辣，刻薄。一个接一个的譬喻使人忍不住发笑，笑后又令人沉思，沉默，然后继之以悲哀，跌进无限的人生黑暗，为之沉痛。这便是钱氏风格，钱氏魅力。令人欲罢不能。中国现当代小说史，唯有张爱玲的风格与之神似。

看到结尾处，我的悲哀又来了。我历来怕看一部小说的结尾，怕主人公的某种醒悟，彻底的大悟，参禅般的顿悟，死灰般的觉悟。怕某种无奈的小团圆。我怕。怕这句——曾经沧海难为水。这样的结尾我不喜欢。我更喜欢故事开始时的方鸿渐，有朝气，俏皮，有一点的虚荣心，向往爱情，相信爱情，鲜明地知道自己爱的是什么，不爱的是什么。结尾时，我看到了他的沧桑和疲倦，他说，他不再相信爱情了。

多么可怕。当一个人不再相信爱情。他的心也死了。一潭死水的婚姻，除了琐碎的争吵，还剩下些什么？这一点，男人不如女人坚强。孙柔嘉骂他全无心肝，因为她至少还把爱情看得很郑重。

到底是女人。一生爱的是男人，念的是男人，恨的是男人。

炎炎盛夏，重读《围城》，却有阵阵凉意涌来。不说也罢。

这个谜一样的女子

　　她的一生是个谜。爱情，家庭，事业，死亡，她的一生是由无数个谜团组成的。没人知道，她在最美好的年华都经历了些什么，连她最亲的家人都不了解。直到她去世二十多年后，从她留下的一个牛皮纸袋里，她的妹妹发现了一些信件与日记。由此，一些惊人的蛛丝马迹渐渐浮现出来。但遗憾的是，也只有这些蛛丝马迹了。其余的，仍是个谜。

　　她，就是向田邦子。日本著名电视剧作家、随笔家、小说家。她是日本收视率最高的剧作家，一生未婚，46岁罹患乳癌右手瘫痪，从此依靠左手写作。51岁获直木奖，被誉为"大和民族的张爱玲"，是日本人最不想遗忘的国民偶像。52岁，因空难而丧生。

　　她短短的一生创作了万余本的广播剧本，电视剧千余本，收听和收视率都极高。她的一生历经战乱、苦恋、疾病等种种逆境，还是不懈地写着，据说她经常牺牲睡眠，熬夜写到天亮。世上没有无缘无故的天才。

　　可是，你看邦子的照片，看不出任何人生的困顿与折磨。这是一个有英气的女子，脸上始终挂着微笑，眉宇间有着淡定与坚强。也只有这样聪明坚毅的女子，才有那样惊人的创作量，也才有那隐忍而专一的爱情。

最早，我是从一篇文章中知道向田邦子这个名字的，也知道一本与她有关的书——《向田邦子的情书》。后来看蒋方舟写过一篇关于她的文章《爱是不平等》。她引起了我巨大的兴趣，我想去了解这个女子的内心，想知道她的生命里究竟有过怎样的滂沱大雨。

其实，漫长的一生，女人内心是否有过滂沱大雨与惊涛骇浪，只有她自己知道。我想起那个凌晨两点闯入我空间的陌生女子，她边看我的文字边哭。我并不安慰她，只是任她哭。只要我的文字能给予她心灵的慰藉，我便觉得一切都值。一个写作者的价值，便在于此。

向田邦子的文字与经历，带给我们的价值，亦如此。我是在一个阴天的黄昏收到这本《向田邦子的情书》的。看这本书，不要被她的书名所迷惑。名为情书，其实全书并未出现一句"我爱你"。如果你想看到种种肉麻的情话，或者学习一些恋爱技巧，很抱歉，它会令你失望。它并非通常意义上的情书，不是轰轰烈烈、惊天动地，也没有海誓山盟、海枯石烂。如果硬要说是情书，也只能解释为是两个有情人的相濡以沫、不离不弃。

而这也恰恰是我买它的原因。在如今这个感情变得廉价如快餐，情话满天飞的社会，我想感知一份不一样的爱情。我想知道，是什么令她爱得如此隐忍而专一。如蒋方舟所写，这是她见过的最不平等的爱情。奥登写过一句很有名的诗：如果爱是不平等，让我成为爱得更多的一个。邦子就是那个爱得更多的一个。

可是，恰恰是这样不平等的爱情，让我们知道了世间有一个叫向田邦子的女人，她的爱情和作品一样惊世骇俗。我喜欢有故事的女人。一个写作的女人，怎么可以没有故事？

在这场爱情中，邦子付出了一生最美的年华，去照顾她的情人。她的情人 N 先生，在信件和日记里没有名字，只用这个字母代替。N 先生是个什么样的男人呢，通过这些信件日记，我大体上知道，他是这样的——比她大 13 岁，已婚，长得不帅，又胖又老，身体不好，长年患病，因病没有工作，生活拮据，需要邦子的长期照顾，从饮食到起居。

想起好友 H 那天说的话："真正的爱情，是一个灵魂与另一个灵魂的链接，跟其他的都没关系，就是灵魂的懂得。"如果要问，邦子为什么会爱上这样一个人，我想最好的解释就是 H 的这句话。因为灵魂的吸引与懂得。爱情的神秘，在于它的纯洁与纯粹。

邦子二十多岁认识他，当时他们在同一个文化社工作，她写剧本，他搞摄影。她作品的很多照片，都出自他手。他患病后，邦子就一直照顾他。那时邦子的作息时间大致是这样的：每天下午三四点到情人那里为他准备晚饭，两人一起吃饭、聊天、临走前把第二天早上的饭准备好，回到自己家，晚上十一点后，她在玄关里熬夜写作一直到天亮；早上，为母亲和妹妹准备早餐，然后去补觉；起来后去单位上班；下午三四点，又准时去情人家。

周而复始，她每天的生活就是这样的。她常常没精神，脸色憔悴，苍白，脚上趿着塑料拖鞋，身上只有两三件替换的衣服。那个爱漂亮的邦子不见了。

她的这段经历从青年时期一直贯穿到中年，那是她人生的黄金阶段，也是她创作的高峰时期。她却陷在这些琐碎的生活里，一边照顾家人，一边照顾恋人，同时还要写作。这得需要多大的意志与精神力量的支撑啊。妹妹向田和子清楚地记得每次姐姐离去的身影，身体有些前倾、脚步显得急促。她活在一个家人所不知道的世界里。

"怀抱着不可告人或不欲人知的秘密生活。有的人的秘密让生活变得明朗，成为生命的激励。有的人可以让秘密变成生存的动力，直到今天我才知道向田邦子就是这样的人。"这是妹妹和子对她的评价。

N先生，他在邦子的生活中充当的是一道温柔的目光。比如，邦子给他做好饭后，累得睡着了，趴在桌上，他就在一旁默默地看着她，内心想："赶快振作起来，迷途的羔羊。"邦子不在的早上，他就听着她的广播，露出微笑。他每天的生活就是围绕着邦子，最幸福的时刻就是，她做好饭，两人边吃边聊天，那样的亲密。他每天盼望的就是这样的时刻。她在，就好。

和N先生在一起的时光里，她应该获得了许多精神的食粮。也许，邦子创作的来源就在其中。他是她创作的灵感之源。从这些信件中可以看到，他给她的作品提出过许多中肯的建议，给她深厚的关怀与爱。她向他倾诉内心的世界，想做的事，工作中遇到难以判断的问题，他都是一个可以倾听并指导她的最好对象。

如果没有他，也许就没有她的那些作品。他们秘密与共，相偎相依，彼此信赖，是彼此最佳的伴侣。这也许就是N先生存在的意义与价值。

后来，他们分手了。N先生在40多岁时毫无征兆地自杀了。

如果不是邦子在空难中丧生，那么这段秘密将永远封存于她的内心。她去世二十年后，妹妹向田和子打开了她留下的那只布满尘埃的牛皮纸袋，首次公开了邦子与N先生之间最私密的情感流动。

邦子的一生，只爱过这样一个人。至于平不平等、值不值得，不是我们说了算。

　　N先生死后，她被父亲赶出家门。一个人居住，写作，和一只猫做伴。一直到52岁去世。

　　这本书的封底上写着一句话："爱，可以安静地存在于两个世界，各自入眠，各自醒来。"用它来形容邦子和N先生之间的感情再合适不过。

　　如果没有N先生，邦子不会是后来的邦子。爱情，是一种相互的成全与自我的实现。遇见爱情，就是遇见内心的那个自我。

　　这篇文章，一气写下，没有停顿，也停不了。我只能任自己的意识、情感、回忆，像流水一样，倾泻而下。也许写作就是如此，不是像挤牙膏一样，而是无法控制，不能自已，如山洪暴发。这便是写作最好的状态吧。

生命不能承受的爱恋

最近热映的电影《嫌疑人 X 的献身》，连着看了两遍，每一次到最后，听着张鲁一扮演的石泓那一段近似凄楚的自白，我都禁不住泪流满面。这段自白，在影院时几乎使全场的女性观众流下眼泪。

在此之前，不知道谁是张鲁一，也不知他演过什么剧，但这部电影使我记住了他。一个用眼神征服观众的人，他的眼睛，迷茫，无助，凄凉，深沉，神秘，幽暗，独自，有种边缘人的悲剧性。

我在网上搜索他的信息，看到这样的介绍：中央戏剧学院 1999 级导演系，北京大学艺术硕士。难怪，能把一个角色塑造成这样，靠的不仅是外在形象，更是一种文化与艺术的积淀，对人性，对角色，对原著等的透彻理解与准确把握。苏有朋认定："他就是我心目中石泓的第一人选。"原著中是这样描写石泓的，"肥胖""苍老""头发花白且稀少"，显然，张鲁一是个帅男，他和角色更多的是气质及内心世界的贴合。

电影《嫌疑人 X 的献身》改编自著名推理小说家东野圭吾的作品，由苏有朋导演，几易其稿，从故事到视觉，力图还原小说原味，得到了作者本人的高度认可。在冷静、缜密的叙述中，我更多看到的是灵魂的挣扎，对人性、对爱情、对生命的思索与拷问。

影片中，最喜欢的角色还是张鲁一塑造的石泓。一个数学天才，孤身一人，苍老，颓废，孤独，封闭。数学就是他的一切，可是当他遭遇了爱情，他可以不顾一切为之献身。可是陈婧又是他的什么人呢，既非妻子，也非家人，连情人都谈不上，他却愿付出生命去保护她。从头至尾，陈婧跟他不过说了最普通的几句话，给他买过一件衣服，但却没来得及给，更多的是遥远的注视、凝望。而他却说，从来没人跟他说过这样的话。一个孤独的人，对来自他人的一点点温暖都视若珍宝。

他是真实的，善良的，他是用心用生命去爱着一个人。

对于生活，他有自己的理解与洞察，他有着丰富的内心世界，精神无比丰盈，现实却是一片荒芜。他外表其貌不扬，内心却极有力量，甚至有一种理性的坚韧。他只是一个普通的中学数学老师，每天重复着同样的话，如他所说："就像时钟里的齿轮，每天都在重复着同样的转动。"——他恨这样的生活，日复一日。所以才有了这个故事。

不知为什么，一看到剧中的石泓，我就能立即安静下来，心里很静。突然之间就和他的眼神、心灵，相遇了。对他，我有一种深深的理解，不是同情，也不是怜悯，就是理解与懂得。也许在现实中，我不会爱上这样的人，他不适合过日子，他的神经质与疯狂，颓废与病态，不适合世间的烟火生活。但是，现实中若少了这样的人，该会多么空洞、乏味、苍白。

艺术是用来做什么的，从某个角度来说，它是用来拯救人类的。把人类往美的高度上提，往丰富深刻的路上拉。尽管艺术家从来拯救不了自己，却在拯救着整个人类。这就是他们的伟大之处。

下面是我凭记忆收集的剧中经典台词，读了它们，我们也许会更深地理解生活，从而与生活和解。

"有时候，一个人只要好好活着，就足以拯救某个人。"

"人生就像喝茶，只会苦一阵子，不会苦一辈子。"

"在人生这个坐标系上，她们是我的两个点。我和她们不是一个世界的人，她们也不是那种我可以取悦的对象。我也没有奢望过可以走进她们的世界。那个经常来找她的男人，看起来是个可靠的人，跟他在一起，比跟我的幸福概率要大。"

"有了她们，我才是现在的我。"

"如果你过得不幸福，我所做的一切才是徒劳。"

"你懂那种感觉，面前有一座山，爬了很久，却只能在山林中徘徊。"

"我们到底在追求什么，真相的意义又是什么？"

"有些问题看起来很简单，却需要用一生来解答。"

"他们就像时钟里的齿轮，每天重复着无意义的生活。"

中间最长的那段是结尾时石泓对陈婧的深情告白。看到这里，我的眼泪仍然没控制住。

什么是爱情，什么是生活，东野圭吾告诉了我们答案。

他，孤独的眼神，寂寞的神情，佝偻的背，有力的心灵，在我眼前一遍遍浮现。啊，这个多情的杀手，一点儿也不冷。他那么可爱，那么温暖，那么的令人心酸。写至此处，我还是要哭一次，为他，为他寂寞的一生，为他深沉的爱！

顺便说一句，王凯真帅。电影最后那个画面真美，王凯扮演的唐川推开关闭的门，白得耀眼的阳光瞬间包裹了他，使他整个人沐浴在阳光里。那么帅的背影，令人心里好暖——这样的结尾，真好！

雨天的回忆

一

早上醒来，最先听到的是雨声。雨滴以它绵长的语言打在园子里的花木上、葡萄架上、屋檐上，滴滴，笃笃，仿佛是有人在轻轻叩门。一个人躺着，望着窗外，有些恍惚。梦里不知身是客，一晌贪欢，这一晌亦是好的。这样的情景已有好几天了。我真喜欢雨天啊，特别是在雨声中醒来的时刻，它带给我一种慵懒闲散的氛围，又带给我一种回忆般的朦胧与惆怅，而且它仿佛是在应和你的回忆，让你觉得，你所有的心事都有人倾听。

想起小时候，爸爸骑自行车带我去县城开会的事。那是一次记者通讯员创作会（这也是后来爸爸告诉我的），爸爸带我去无非是想让我打打牙祭，吃点好的。那时日子穷啊，能吃上白馒头都是一种奢望。至于会议开的什么内容、开了多久，甚至吃的什么我都没有一点印象了。只模糊记得事情的开始与结尾。开头是去的路上，爸爸把他的黑色手提包挂在我家那辆骑得已掉漆的二十八寸自行车把上，然后再把我像小包袱一样放在横梁上，在妈妈"去吧，多吃点好的"的打趣笑声中，我和爸爸愉快地出发了。

乡下到县城约有四十里路，那路是很平很直的柏油马路。我暗暗想，往县城的路就是不一样啊，不像我们乡下坑坑洼洼的土路，在这路上飞驰骑车的感觉可真是一种享受！爸爸蹬车好像不怎么费力车轮就转得飞快。激动兴奋之余，我也忘了屁股在横梁上久坐的麻木与疼痛。爸爸还给我讲着各种趣闻故事，我一边听一边左右转头看着路边的风景，又不敢转得幅度太大，不然爸爸握着的车把就会突然倾斜不稳。那风景令我激动不已，哎呀，我的眼睛好像也不够用了，好多的松柏树，那么挺拔秀美，那么骄傲地伫立着，每一棵树都像是在欢迎我。它们如一片片电影快镜头般从我眼前飞速地过去，而县城在我心里也越发神圣高大起来，那神圣好像也超出我的想象范围，无从去想象，只能暗自喜悦着、向往着。那是只属于一个小小人儿的秘密与快乐。

会议的最后是全体与会人员合影。那时我还没见过照相机，当它"咔嚓"一声并闪出强烈的亮光时，恐惧使我在爸爸怀里哇的一声哭起来。至今还朦胧记得那一瞬的恐惧无助，那束光强烈而刺眼，让人仿佛置身于大庭广众之下，孤立无援，所有人在看着你，盯着你，然而却无一只伸过来的援手。唉，那无知无畏而显得格外响亮的哭声一定令年轻的爸爸特别不安吧；好在第二次亮光再次刺向我的眼睛时，我已乐于接受这种待遇啦。那是我第一次参加所谓的"创作会"，时年 2 岁。哈哈，有意思。这大概是所谓"生命的隐喻"，注定我此生也要在文字里哭笑，甘苦自知。

爸爸喜欢读书。从我记事起，每天看到的爸爸，不是坐在小院里的梧桐树下捧着书，便是趴在桌前写着什么——看，写，写，看，这一幅场景多少年如一日，深深刻在了我的脑子里。而父亲也仿佛没了年龄的界限，总是那个年轻的模样，白衬衣，蓝裤子，一支笔，一沓稿纸。邻居戏称爸爸是"书呆子"，他走路仿佛怕踩死一只蚂蚁的斯文书生样总让邻居笑。还有人开玩笑模仿他走路的样子，说是像《朝阳沟》里的银环挑水，那个扭来扭去啊。他身体羸弱，不擅长干农活，脸皮薄，也不会去邻家借个东西，更不喜拉家常，仿佛这样就耽误了自己的学习时间。总之，在农村，他是格格不入的。

可是当时在我的眼里，爸爸的名气却很大，当地十里八村甚至外乡镇都知道爸爸的名字，还有很多人慕名而来找到我家，只为求一篇文章。每每乡镇的领导新上任，也必先来拜访爸爸。小小的我只觉得爸爸是不同凡响的人物，可又不知道该把爸爸归于哪类人物，非官非商，一介平民，为什么会受到这么多人的尊重？爸爸的文章每每见诸省市报纸杂志，经常去县里开会领奖，有时我在村口玩，见爸爸提着黑皮包从远处走来，我竟有些害羞。爸爸走近，从皮包里拿出给我带的老面包，当时那可是我最喜欢的美食，总是不舍得吃完，在抽屉里放上一两天，等变干了更好吃。成年之后，看到有小贩在街上推着车子卖老面包，总会买上一两个，嚼在口中，淡而无味，再找不回记忆中那香甜的味道了。

爸爸的兴趣爱好对我来说是神秘的，它没有具体的可令我向小伙伴炫耀的东西，它看不见摸不着，可是又整天忙忙碌碌的。我只知道爸爸写了文章便有面包吃，有新衣穿。可以说，我是爸爸的稿费养大的，是文字滋养了我。那时我总在想，我有一个奇怪的爸爸，这令童年的我百思不得其解，爸爸为什么和别人不一样？我同学的爸爸们就不是这样的，他们是多么贴近日常啊，对孩子知冷知热，父子关系融洽，他们就像地里的庄稼，是在泥土里实实在在地活着。我和爸爸的关系是疏离的，他总在忙他的事，琐碎的生活，子女的日常，仿佛跟他无关似的。他总在和别人谈论一些和生活不沾边的虚无的东西。他们谈什么戏词、新闻、诗词、书法，好像只有那时，他才是开心的。

我在昏黄的煤油灯里听着，似懂非懂，渐渐入睡。我的童年和少年便是在那样的谈话里度过的，这样的日复一日被浸染，是不是我日后莫名对文字依恋的根源？我不明白我何以对文字有这样亲切的感情，好像是亲人，好像我们一直在一起。

爸爸对我很严厉，我们之间总像隔了一层什么。他不让我动他的书柜，为了防止我乱翻，总是用一把小锁把柜门锁得严严实实。每次离开家，都不忘以训诫的语气提醒我不要动他的东西。我嘴上老老实实答应着，一看他出门，我心里就乐开了花——长舒一口气，然后伸伸胳膊，撸撸袖子，就得意地一头扎进他的柜子。他越不让我动，我就越好奇，想看看里面到底有什么宝贝。那种快乐的感觉像什么呢？就好像孙猴子第一次进蟠桃园，自由自在，有点飘飘然，觉得这就是我的天地。柜子里大多是书，还有稿纸，信件，反正凡有字的，我就一个一个打开看；每打开一本书或一封信，于我来说都是莫大的新鲜与惊喜，我的手都是发抖的，因为有点担心爸爸突然回来，我读的是囫囵吞枣，甚至觉得眼睛都不够使了，还总有点吃饭噎着的感觉。因为一下子读那么多文字，来不及回味消化，就好像全都堵到了嗓子眼。怕他发现，我就先把它们的排列顺序记住，一本一本按顺序小心翼翼取下来，放在地上，我就那么坐在地上看得不亦乐乎。时间怎过得那么快呢，好像才一会儿时间，天已经暗了下来。

妈妈看到我又动爸爸的书柜，就提醒我："你爸可是快回来了，赶紧放回去吧!"多亏妈妈多次替我望风，才免我被发现。

我就再一本一本按顺序放回去，让我有种做贼的窃喜。自以为瞒天过海，但好几次都被爸爸敏锐发觉，时不时听到他怒气冲冲地大喊，哪篇稿子找不见了，然后就会怀疑到我头上。爸爸的结论是：除了我，再没别的人。然后就会挨一顿臭骂，说我不务正业不学习，只会看闲书。我心虚，嘴上辩驳，心里却在一遍遍回想，明明都按顺序放进去了呀，分明是他自己弄丢的，却把气撒到我头上。每次读《红楼梦》，看到宝玉被贾政骂得灰溜溜的样子，就想起了我曾经在爸爸跟前的胆战心惊。

记得读初中时，有一次，爸爸和几个领导到我们学校开会。哎呀，一看到爸爸的身影，我的心一惊，突突猛跳，那个难为情，简直是无地自容，恨不得找个地缝钻进去。整整一个多小时，我没敢抬一次头，还在心里深深埋怨。处于青春期的孩子，大概是最不愿在学校看到父母出现的。后来老师问我爸爸是干什么的，我害羞得不知该怎么表达，因为找不到适当的词来形容而嗫嚅着。那是什么职业呢？我在脑子里反复搜寻着合适恰当的词语。最后我用蚊子般的声音说出"写东西"三个字，连我自己也纳闷，写东西到底算什么职业。老师长长地哦了一声，若有所思，我如释重负般落荒而逃。

现在，我自己也成了一个"写东西"的，每每和爸爸聊起这些旧事，彼此会心一笑，除了血缘亲情的自然和解，也许更多的是同道者的理解与懂得。

几十年光阴一晃而过，如今爸爸已进入古稀之年，活到老学到老，仍然是他的信念，或者说成了一种信仰。那方四合小院的梧桐树下，永远有一个手捧书卷的身影，从白衣蓝裤的青年到白发苍苍的暮年。

二

我想到的另一个人是表大伯。他是爸爸的表哥，他们是姑舅表兄。爸爸的姑姑，也就是我姑奶，是一个在当地颇有些传奇色彩的人物，此处先不细说。他们虽是姑舅表亲，却如亲兄弟，因是同一个院子里长大的，吃睡都在一起，像一家人。

爸爸从小没了父亲，是姑奶把他抚养大的，所以表大伯和爸爸的感情很深厚。大伯考上开封师范时，临走送了爸爸一支钢笔，嘱咐他好好读书，闲暇也学写点东西。从开封的师范学校毕业后，表大伯就到县城广播站当了一名编辑。那以后表大伯就很少回来了。

爸爸经常去县城找他，我也跟着去过几次。印象中，通往广播站的是一条长长的青石板路，石板潮湿滑腻，有点江南幽深小巷的感觉。我跟着爸爸，踩在一块一块的青石板上，一边暗暗数着，心里有莫名的快乐。多年后，那悠长的青石板路还一次次出现在我的梦里。人世苍茫，有时我们就是凭着这一点生命印记与体验，与分开多年的亲人心灵相通。

广播站在一个四合小院里，很安静，里面种了好多高大的杨树，还有一两株银杏树。他们在表大伯住的小平房里讨论新闻稿时，我就在外面欣赏那些树，它们好美啊，它们落下的叶子也好美，只因它们是长在广播站的院子里。爸爸和表大伯讨论的东西我听不懂，可是也觉得神圣，因为周围各行各业的人，他们都不说这样的话，只有我爸爸和表大伯，他们和别人是不一样的。

我不知道这些树、这个院子、他们的谈话对我的灵魂塑造、人生道路、兴趣爱好有怎样的影响，我只是以好奇激动莫名的心看着听着这一切。就像这早晨的雨声，并没有多么具体现实的意义，它只是润物细无声，刹那融入了你的生命，是一种冥冥之中的力量。启蒙的确是有些神秘。你只是懵懵懂懂地经历了，并没有刻意去关注，可是就再也忘不了了。

爸爸说表大伯的字好、文章好，发言稿写得生动有趣，有四两拨千斤之效。我问他的字好在哪里，爸爸说是练达、圆熟、通透。他说你大伯的字如他一生为人，对世事看得通透，涉世又不拖泥带水，不管单位太多闲事杂事，不议论是非，不深陷人事利益，所以活得洒脱自在。那时我不懂这话的深层意义，现在想想，我表大伯简直就是苏轼一类的风雅人物啊！

那时我才不管什么通透风雅，只想着有机会与表大伯切磋学问，暗暗也有试试他学问高低的念头。因为爸爸老是在我面前夸他如何聪明有学问。听说我表大伯弟兄三人在当地都是有名的神童。

终于有一次，我看他一个人在老家院子里散步，这可是个好机会——我溜到他跟前，他笑眯眯地看着我，问我的学习如何。趁着这机会，我说："大伯，人人夸你有学问，你敢跟我玩成语接龙的游戏吗？"他说好啊，有点逗小孩子玩的表情，又仿佛心不在焉，不像我志得意满投入十二分精力、一副决胜的样子。最后虽是我得胜了，却心犹不甘，因为他完全是毫不在意的神情。我想大伯是真人不露相，不过仍然很得意。表大伯笑呵呵地看着我，那样子有点像弥勒佛。

现在想起他的表情，倒令我想起老子所说的"大智若愚，大巧若拙"。真的是这样啊！如今大伯早已去世多年，但他却用自己的智慧无形中给我上了一课，使我至今受益无穷。

现在的县城已面目全非，广播站旧址也早已不复存在。爸爸告诉我，原来的广播站就在我家旁边，一路之隔，现在已经变成了寻常人家，有小摊小贩，有市井烟火。隔着苍茫岁月，我试图在心里复原它的模样，那些高高直直的银杏树，那些落叶，那些我一个人在里面徘徊的时光。我知道，有些东西是永远不会变的，它一直在那儿，在原地。在一个远行人的梦里，渐渐成为一种背景、一种隐喻、一种宿命。

因为遇见你

——写给几个读者

甘肃的孤舟向晚

孤舟向晚是她的网名。见到她的照片时，心想，西北也有这么温婉清秀的女子。尽管这里的人们每天都在接受风沙尘土的洗礼，但总有一些女子是怀了莲花之心在生活——清静无尘，拈花而笑，与诗书相伴。孤舟便是这样的女子。

对她了解不多，也忘了她是何时加我微信的，总觉得很久了。也并无过多交流，除了给她寄书时的片语交谈。有些人无须过多言语，便可心有灵犀，这大约是同类者隐秘的气息。隔得再远也会主动找上来，开门的一瞬，认出彼此，泪流满面。

总觉得孤舟像过去的我，伤感，孤独，把千千结的心事都藏在文字里。看她每晚发的那些随笔，似乎能感知到她的一腔愁绪，配图也常用暗青色的画面。我们的文字常会出卖我们，把我们的性情暴露无遗。可这是性情，没办法。一个人与生俱来的性情，无论处于怎样的环境中都不会改变。

孤舟说，她的案头，常有一抹绿意，她的枕畔，常有一本好书。绿，必定是兰；书，必定是我的《只想把这些美好告诉你》。我只能是感动，再感动。这兰心蕙质的女子，这宋词中走出的女子，愿生活赐你以平安与吉祥，美好与丰盈。

孤舟就是这西北风沙里的一抹绿。虽然默默无闻，却以某种微弱的光照亮了一角黑暗。我常想，甘肃若没有像她这样的女子，会失色许多。人的高贵并不以声名来衡量。

昨天读到一个著名诗人的访谈录，他说："人人都在振振有词地阐述着自己写作的来历，事实上，一个国家、一个省，你就没发现有几个人在认真写作并真的具有文学理想。"这句话可以适用到很多方面。比如读书，微信上天天铺天盖地推荐好书，人人似乎也都在谈论着读书，其实真正勤奋苦读的有几个人？

我知道，孤舟就属于这不多的几个人。因为经历使然，人生逼迫我们不得不于绝境奋起。

孤舟，相信你的静默自有力量！

江南忆

江南忆，最忆是杭州！

遗憾的是，我至今未去过杭州。连朋友都说，我这个在文字里浪漫的女子不去一次杭州，真是说不过去。不过，我的书却在那里，它替我感受着人间天堂的美，以另一种感应传递给我。在夜深人静时分，我常穿越尘世的山水，去与它相会。

它在一个江南女子的枕畔。这个女子叫轻语晨曦——典型的江南美女，婉约，清丽，不施粉黛，不染铅华，是一枝天然的荷。清水出芙蓉，唯有天然二字可以形容。

春天，晨曦给我发来一张照片，照片上的她浅笑盈盈，身披浅绿色斗篷，手中拿着我的书，粉色的封面和绿衣相映成趣，真是一幅美好的画面。有些衣服只在在江南才能穿出那种韵味，比如汉服、旗袍。这件绿色的斗篷与她真配，令我想起"碧玉"二字。我们聊起衣服，我说我也想穿汉服与斗篷，准备买个大红梅花斗篷披着去赏雪。不过在西北小城，我不知道敢不敢穿出去。去年和苏州的阿漫一起买了茶服，我的是薄荷绿印着红梅，穿出去，女儿笑我说，像个格格从王府跑出来了。当然，在苏杭穿，是再美不过的了。

晨曦也喜欢文学。有段时间，一直在和我聊出书的事。这温柔女子的心里也有一只倔强的小兽，怀了一颗不甘之心，在尘世活成一朵出水之莲。

这两年，一直在默默关注她。看她在图书馆发奋苦读，那劲头仿佛是迎接高考，我们比赛似的读书，从文学到哲学到美学。然而我们又从不打扰对方，只默默从彼此身上汲取力量。有一种朋友，是上天给你的，你不用担心也不必讨好，她会一直在。聊不聊天没关系，赞不赞你的朋友圈也没关系，她会一直在，即便什么都不说。这便是同类者的气息。气息相近，自会有一种引力。

最近得知她在考心理咨询师。她爱好广泛，文学、舞蹈、琴艺皆通。我常从这张明媚的脸上读到生活的美好，读到一种温柔的坚韧，一种对美的追求。

不曾想到，这明媚的背后也有她的艰辛与不易。冷暖自知，也唯有自知。生命给予我们的所有不幸与苦难都自有它的道理，不是平白无故的。我们的灵魂将从中获取另一种欢喜。那深深的，灵魂的安宁与丰富。

江南的夜晚，那湖水，那明月，那桥，那孤山，那桨声灯影，那美人，都仿佛是我的前世。

远方的"邱莹莹"

晚上，正准备找周公约会，忽然，手机一亮，一条莫名的信息赫然出现："姐姐，我在看《欢乐颂》，看到安迪时，会想到你。越看越像你！"安迪？《欢乐颂》？这些词，对于一个电视盲来说，无异新出现的网络名词。

和女友比，她是超前人类，而我仿佛生活在民国，躲在张爱玲的小说里，好像永远长不大的少女。为了弄清安迪是何等人物，赶紧向女儿请教。

女儿白我一眼，看着她落后于时代的老妈，慢条斯理地总结道："安迪——高傲，封闭，怪癖，她有很多的书，性格孤冷，有钱，海归，而且有家族遗传精神病史，不爱接触人……"一连串的概括下来，我目瞪口呆。嗯，除了有钱和海归之外，其他方面是和我挺符合。至于家族精神病遗传，我虽不符合，但觉得从事文字的人，没有不神经质的。

我回信过去，问她："妹妹是剧中的哪个人物？"她颇有些委屈道："我是小邱呗，心直口快、总吃亏、没人爱的邱莹莹。其实，我羡慕曲筱绡那样的人，为自己的心而活，不在乎别人的看法。"

我是因了"小邱"的推荐而喜欢上《欢乐颂》的。不看电视，简直和女友没有话题了。看了才知道，她也是真像"邱莹莹"，动不动爱撒娇，有时弄得我没脾气。对她好了，就是"好姐姐",不好了就是"坏姐姐"。高兴了,好姐姐叫个没完,没有妹妹的我,挺受用的。而且,我爱听她又软又嗲的南方话,像糯米一样,黏而甜。听着心情就好。我若是男子,心早就化了。

有天,她突然告诉我,她终于把他删了,然后哭得稀里哗啦——这矛盾而多情的小女子,删了人家,又后悔心痛得要死。但愿她不会像邱莹莹那样遇到一个渣男。想到那个"白主管"就恶心,世上的渣男何其多。

心情好的时候,她也会发来一篇自己写的文章。她说,她的文章风格受我影响太深,但她一定会找到自己的语言风格。知道我喜欢植物,她就经常拍些南方植物给我。她会在电话里跟我撒娇,伤心时,就肆无忌惮地哭。

她的哭可是给我留下极深的印象。第一次认识,也是缘于她深夜哭着莫名闯入我的 QQ 空间。她一直哭啊哭,我就说些自己都觉得老套的话安慰她。一直聊到很晚。

后来,她就成了我的读者。买了我的书,自己读,还推荐给上小学的儿子读,没想到小家伙还挺喜欢,学习还有了动力。

我喜欢这个远方的"邱莹莹"。喜欢她的真诚,纯真,娇媚。她总能带给我一种新奇的感受,把我从民国拉到现代。

她说,姐姐,我们要好一辈子。我们永远,不离不弃。

远方的"邱莹莹",我的文字会一直陪伴着你,不离不弃。

迦南美地

写读者系列,有写专栏的快感与喜悦,而且比专栏更随性自由。不打草稿,不管篇幅长短,也不管别人怎么看,可以由着自己的性子来。这特别符合我的性格——率性而为。

迦南美地。我的读者女儿国里闯进的为数不多的男子，不得不双手欢迎。我知道我写不好他，更写不全他，因他是如此丰富深沉，阅历丰富，性情天真，知识渊博，爱好广泛，不可一一细述。

"迦南美地"一词源自《圣经》，是"圣经"里一块辽阔无垠的土地——"流着奶和蜜"。可知他的心里有着对无垠与辽阔的向往与追求。最近我在看格雷厄姆·格林的《权力与荣耀》，书中神父的遭际使我时常陷入沉思，生命的"轻"与"重"，肉体与灵魂，权力与精神，该如何平衡，从而找到统一？很想推荐给迦南看。

迦南发来他的一幅小照，好像低头在鼓捣什么机械零件。我问他，他是这样回答的："隐居于闹市，游走在美学与机械之间，事业转型，不忘初心。"

这句话把他的前半生几乎囊括进去了，他就是个隐者，而且是大隐。在闹市里觅得一处清凉，不忘初心。美学是他的专业，也是他生命中的一抹底色，无论生活如何艰辛，人生如何潦倒不幸，美始终是他的追求。一个在尘世活得满面沧桑的中年男人，始终怀着一份天真的向往。这是绝望的艺术，悲剧的艺术，也是真正的艺术。《月亮与六便士》里的画家，如果让我在现实中找一个原型，就是迦南。只能是迦南。

生命的中途，他突然发现拥有的一切并非自己想要的，他的梦想不是稳定的生活、工作、薪水，重复的两点一线，如白开水一样过完一生。不是的。他毅然辞去工作，重新开始另一段漫长艰苦的追梦之路。住地下室，学技术，没有光亮，没有祝福，没有任何外援。在无数个漫漫黑夜，他透过一扇小窗看着外界的变化，春天萌发的新叶，夏日的繁茂葱茏，秋天的落叶，冬夜的雪花。四季，覆盖了一个男人所有的忧伤与信念。

生活与艺术总是充满敌意。如果你选择了艺术，你就不能过普通人的生活了。你得走一条更为艰难的路。你甚至无法收获同情。

经常会做这样一个梦，一个人骑车或奔跑在坑坑洼洼的泥路上，几乎要摔倒，却始终在前行。每次醒来，我都很平静。没什么，这不过是生活给我的暗示。不要紧的，什么都失去时，至少我还拥有自己。何况，还有迦南这样的挚友！同类者就是可以互相映照，给予对方力量。

前不久，得知迦南学技毕业了。他将再次意气风发地投入对事业的追求，投入喧腾的生活。我知道，发横财、飞黄腾达不是他此生的目标。半生格格不入，他终于活成了自己想要的样子。

阅读，艺术，孤独，是沸腾喧嚣尘世里，我们最微弱的一点呼唤。

是的，呼唤。